書下ろし

時代小説

夢の浮き橋

橋廻り同心・平七郎控

藤原緋沙子

祥伝社文庫

目次

第一話　夫婦螢

一

鼻孔をくすぐったのは薫風だった。

立花平七郎《たちばなへいしちろう》は、その爽《さわ》やかな香りに促《うなが》されて、ふっと居眠りかけた目を見開いた。

春もたけなわ……御府内は日だまりの中にいるような、ふんわりとした陽の光に包まれていて、その気配は店の中までも及んでいる。

いまその店の中を、風が吹き抜けていったのである。

「おい、秀太《しゅうた》」

平七郎は蕎麦《そば》屋の壁によりかかるようにして、目を閉じている平塚《ひらつか》秀太に声をかけた。

二人は柳橋《やなぎばし》南袂《たもと》、両国《りょうごく》神社近くの蕎麦屋で昼食をとったところであった。

三方を開け放している店の中は外の陽気が忍びこんでいて、どことなくうららで、二人は疲労困憊《ひろうこんぱい》していたこともあり、食後に睡魔に襲われていたのである。

「んっ……」

秀太は、薄目を開けたが、そのままそこに、刀を抱き抱えるようにして、ごろりと横になった。

――しばらく寝かしてやるか……。

「女将《おかみ》、すまぬがもう一杯茶をくれぬか」

板場の奥に声をかけた。

すぐにまた秀太に目を戻すと、大きく口をあけている。くたびれるのも無理はないなと、つくづく思った。

秀太と平七郎が定橋掛《じょうばしかかり》となって三年と数か月だが、この橋廻りというのは閑職とはいえ、やってみると意外に忙しい。

そもそも橋廻りの人員は、北町に二人、南町に二人、合計四人である。

四人といってもお役目は月替わりで受け持つから、その月の見廻りは二人であって、この広いお江戸の橋を滞《とどこお》りなく見廻るというのは至難の業《わざ》であった。

こまめに橋の傷みがないかを点検し、また橋の袂を無用に占拠している店はないか、あるいは無法な高積《たかづみ》の荷がないかどうかに目を光らせ、はたまた橋下や川の浮遊物や滞留物を撤去し、橋を往来する人たちにすみやかに渡るよう注意を与える。

橋廻りの仕事は列挙すれば切りがないが、特に春を迎えるとがぜん忙しくなった。

花見や行楽、そして御開帳……両国あたりはこれに見せ物やら小屋芝居などの催しもあるために、一層の混雑である。

いやその上に、賑《にぎ》やかな川開きがある。

橋廻りは、昼も夜も目を離せなくなるのであった。

特に川開きともなれば隅田川《すみだがわ》に架かる橋の点検は万全でなければならない。

いくら橋の上にとどまるな、橋が落ちると注意を与えても、目の届かぬ所では、賑やかな川遊びの連中に誘われて、人がすずなりになって橋の上から下をのぞき見る。

花火が上がればさらに人の数も増えた。

平七郎と秀太は、ひと月先になった川開きのために橋の点検に余念がなかった。

そんな、ただでさえ気忙《きぜわ》しいのに、今年の春は隅田川にどこから迷い込んだものか『あざらし』というくじらの子どものような海の獣が上ってきて、連日川筋にはあざらしを追っかける群衆が出没し、二人の仕事はさらに増えていた。

あざらしは、胡麻《ごま》塩の体をしているが、まだ子どものようだった。

人気を呼ぶにつれ、浅ちゃんとか隅ちゃんとか、みんな勝手に名をつけている。

隅田川は、浅草《あさくさ》川とも大川とも呼ばれていたから、そういう名になったのだろうが、困ったのは、あざらしが出没するあたりに『餌《えさ》やり一回百文』などという看板を立て、銭をとるものまで現れたことだった。

餌は魚屋で手に入れた貝類のようだったが、勝手に見せ物にして金を取るのはよくないなどという訴えもあったりして、取締まりに忙しい。

もっとも、昔から川を流れてきた心中の水死体など、しばらくそこにとどめ置き、見せ物にして金を取る輩《やから》がいるのだから、あざらしを見せ物にする人間が現れても不思議はなかった。

そんなこんなで、二人は橋の点検はむろんだが、北に南にと隅田川沿いを走り回って、ここのところくたびれていたのである。

そんな平七郎を母の里絵《さとえ》は、じっと見ていて、

「いつまで橋廻りなんでございましょうね。もうそろそろ定町廻りに復帰させて頂けないものかしらね。お父上様もさぞかし、あの世で嘆《なげ》いていらっしゃることでしょう。わたくしも申し訳なくて……」

などと嘆いてみせるのだ。

平七郎だって、閑職といわれる橋廻りに回されたのには忸怩《じくじ》たる思いがあった。しかし今は、黙って母の愚痴《ぐち》を聞いてやるしかない平七郎である。

「私だっていつまでも、この橋廻りでいたくありません」

――秀太もそんな事を言っていたが……。

平七郎は秀太を見遣《みや》った。

その秀太は涎《よだれ》を垂《た》らして眠っていた。

平七郎が、ふっと笑みを漏らした時、

「た、たいへんです。旦那、助けてやって下さいまし」

飛び込んで来た町人の男は、両国橋の袂を指差した。

「何事だ」

「どこかの、内儀が襲われているんです」

「わかった。案内しろ」

立ち上がると、

「秀太、起きろ！」

秀太の体を揺り動かした。


「止《や》めて下さい。止めて……」

平七郎と秀太が、両国橋の広小路に走ってまず目に留まったのは、人垣の中で、二人の遊び人風の男に腹を蹴《け》られ、背中を踏みつけられ、散々に打ちのめされている職人姿の男だった。

打ち据えているのはいずれも若い男で酔っ払っていた。

　一方の、職人の男は三十半《なか》ばか、瘦《や》せた男で、細い目をしていた。

　男はその細い目をいっぱいに見開いて、口をへの字に曲げ、蹴られても踏まれても二人の男に立ち向かって行く。

　体は泥だらけ、顔には血が流れていた。

　その争いを見て悲鳴を上げているのが、裕福そうな商家の内儀であった。

　遊び人風の男はもう一人いて、その男は内儀の息子らしき幼い子の首根っこを鷲《わし》づかみにし、怯《おび》えて叫ぶ母親と、打ち据えられている職人の男を、にやにやしながら見ていたのである。

　つかまっている男の子は、腰に端午《たんご》の節句の玩具の菖蒲《しょうぶ》刀を差していた。

「あ、あの三人です」

　報せに走って来た町人が一同を指差した。

　平七郎が頷《うなず》いて、人垣の中に入ろうとしたその時、

「うぐっ」

　職人の男は口の奥で呻《うめ》き、ぱたりと俯《うつぶ》せに倒れて動かなくなった。

「ちっ、手間をとらせやがって」

　打ち据えていた男の一人が、職人の男を見下ろしてその背に疎《うと》ましげな視線をやった。

「お前たち、何をしている」

平七郎が輪の中に入った。その手に橋廻りの同心の必需品、木槌《きづち》が握られている。

「なんだよなんだよ、橋廻りの旦那じゃねえか。出る幕じゃあねえんだって」

一人の男が、いきなり鉄拳を横手から打ってきた。

平七郎は咄嗟《とっさ》に腰を落としていた。

その頭上を、ぶんという音が通り抜けた。

平七郎が腰を伸ばした時、空振りした男は左によろめいて空《くう》をつかんでようやく止まったが、平七郎はその隙《すき》をつき、男の腕をぐいとつかむと、男の体を手前の方にくるりと向けた。

「あっ」

男が恐怖の目を見開いたのと同時に、こつんと木槌をその額《ひたい》に打ちつけていた。

「いててて」

男は大袈裟《おおげさ》に叫んで額に手を当ててしゃがんだ。真っ赤な血が、押さえた手の下から鼻の上にしたたり落ちて来る。

「ああ……ああ……」

男は掌《てのひら》についた血を見て仲間に訴えた。

「馬鹿、逃げろ」

男の子をつかんでいた男が、その子を突き放すと、三人は人垣の中に走り込もうとした。だが、

「そうはさせぬ」

秀太が三人の前に両手を広げて立ちはだかった。

はっとして立ち止まった三人の後ろから、平七郎は額に血を流した男の襟《えり》をつかみ寄せると、くるりと手前に腹を向けさせ、そこに鉄拳を打った。

秀太も、男の一人をつかまえて、その首根っこに十手をしたたかに打ち下ろしていた。

二人の男は、難なく気絶してしまった。

「あわわ」

男の子をつかんでいた男が追い詰められた顔で叫んだ。

「だ、旦那、間違えて貰っちゃ困る。悪いのはその女の方なんだぜ」

男は突然、内儀を差して訴えた。

「何……」

「その女の店はあっしらに恥、かかせやがったんで……おまえさんたちにはうちの品は売れねえってよ」

「そんなこたぁどうでもいいじゃあござんせんか、とにかく馬鹿にしやがった。だからその落とし前をつけようとして……」

「嘘です」

声を上げたのは、子を抱き寄せた内儀だった。

「すれ違いざまに、息子が腰に差している菖蒲刀が腿《もも》に触ったとか怒り出して、それでわたくし、きちんと謝ったのでございます。でも許してもらえず、近くの茶屋で酌をしろなどと言い出して」

「うるせいやい」

「いずれにしてもこの騒ぎ、それに一人の男を打ち据えておる。ただではすまぬ」

「だ、旦那……勘弁です。や、やめろ」

じりじりと寄る平七郎に、男は恐怖で顔を引きつらせた。

それほど平七郎の顔には厳しいものがあった。

せっかくの休憩を邪魔されて、その不満が、平七郎の頭を過《よ》ぎったのである。

平七郎は、つつっと男に近づくと、容赦のない一撃を男の腹にくれた。

男は目を見開いたまま、そこに頽《くずお》れた。

かつて定町廻りの頃の、黒鷹《くろたか》と呼ばれた頃の片鱗《へんりん》が、咄嗟に顔を覗《のぞ》かせたようだ。

「秀太、そこいらの店から荒縄を貰《もら》ってきて、この者たちにかけろ」

平七郎は秀太に指示して、

「しっかりしろ」

すぐにそこに伸びていた職人の男を抱え起こして座らせた。男はまだ半ば朦朧《もうろう》としているようだった。

「立てるか」

「へい。なんのこれしき」

男が強がりを言った時、

「申し訳ありません。わたくしは通旅籠町《とおりはたご》に店を張る紙屋『美濃屋《みの》』宗兵衛《そうべえ》の家内でおうらと申します。このご恩は改めて……」

内儀は丁寧に頭を下げた。

顔立ちの整った美人顔だが、体にまとっているのは冷たく凜《りん》とした雰囲気だった。

「礼を言うならこの男にな。この男が、立ち向かってくれたからこそ俺たちが間に合ったのだ」

ふらふらと立ち上がった職人の男を平七郎は顎《あご》で差した。

「いいのです。その人にお礼なんて」

おうらという女は、冷たく言い捨てた。

「聞き捨てならぬな。助けて貰った恩人にその物の言いようは、美濃屋のおかみらしくもない」

さすがに平七郎もむっとした。

「その人は、思い出すのも嫌な人でございます。散々な目にあわされておりますから……」

おうらは冷たい目を職人の男に注いだまま言った。

「すると何か、この男はもと奉公人か何かなのか……」

「奉公人ならばまだ辛抱もできますが、この人、夫でございました」

「何……」

平七郎は唖然《あぜん》として職人の男を見た。

男はふらふらしながら頭を垂れ、おうらの話にじっと耐えている。

「もうあなたとは無縁でございます。わたくしどものまわりをうろうろしないで下さいまし」

おうらは、職人の男の横顔に容赦のない言葉を放つと、息子の手を引き、そそくさと立ち去った。

二

「旦那、傷の手当てまでして頂いて、ありがとうございます」

職人の男は膝《ひざ》を直すと、自分は清六《せいろく》という者だと名乗り、神妙な顔をして頭を下げた。

平七郎は清六を米沢町《よねざわ》の薬種屋『松本屋《まつもと》』に連れて行ったのである。

そして店の者に清六の傷の手当てを頼み、たったいまその処置が終わったところだった。

松本屋藤十郎《とうじゅうろう》は両国橋の管理を奉行所から頼まれている商人である。

その松本屋に清六を連れてきたのは、傷の手当てもむろんあったが、秀太が町の番屋に例の三人を引っ張って行ったため、狭い番屋で喧嘩《けんか》した者同士が鉢合わせになってもと考えてのことだった。

平七郎は手当てが終わると、松本屋が用意してくれた小部屋に入った。

「さて……」

平七郎は、あらためて清六の顔を眺《なが》めると、

「お前は、あの内儀の前の亭主だということだが、間違いないな」

「はい。おうらの、いえ、おうらさんの言う通りでございます」

「すると、あの場所に行き合わせたのは偶然かな」

「旦那、旦那は私がおうらをつけまわしていたとでも思っていらっしゃるのでしょうか。今日橋袂で行き合わせたのは偶然でした」

「ふむ」

「悲鳴が聞こえてそちらを向いたら、昔の女房が酔っ払いに因縁をつけられて困っていた。初めのうちは様子を見ていたのですが、おうらは気の強い女ですから、相手を怒らせてしまった。それで坊やが人質にとられようとしていたので、夢中で飛び込んだのでございます」

「するとなにかな、あの子はお前さんの……」

「いえいえ、あの子は今のご亭主、宗兵衛さんのお子です。私たちには子が出来なかった。別れてから随分《ずいぶん》になりますから」

「しかし何だな、美濃屋は結構な店だというのに、どうして別れたのだ」

「追い出されたのでございます」

「……」

「なに、それもこれもこっちが悪い。私はもともと貧乏な育ちでございます。家は落合《おちあい》の田島《たじま》というところにございまして、親は植木の苗を育てたり、近隣の町に届ける野菜をつくったりしておりました。私は次男でしたから、家を出て、それで美濃屋さんに奉公させてもらったのでございます」

小僧から手代となり、ひと通り商いも覚えたある日、余命いくばくもないと医師に宣告された店の主から、娘のおうらの婿《むこ》となって店をもり立ててくれるように遺言され、それでおうらとは一緒になった。

一介の手代が店の主になるなど、夢のような話であった。

清六は一年ほどは、ただ、一心不乱に仕事に没頭したのである。

番頭や得意先の力も借りて、無事一年を勤め終えると、何だ俺にも出来るじゃないかという自信が湧《わ》いた。

清六は考え違いをしていたのである。

商いとはいっときも油断のならないものであり、清六が主となって一年でやったことなど、ほんの一握りの仕事だったということがわからなかった。

何年も先のことを見据えて取引もし、つきあいもし、金も使わなくてはならないということが、わかっていなかったのである。

金箱に光る小判を見ていて、ふっと、一度だけこの金を賭けて、もっと儲《もう》けたらどうなるかと考えはじめていた。

そして、清六は寄り合いの帰りに博奕《ばくち》場に立ち寄った。

一度だけだと思っていたのに、魔物に誘われたように、月を追うごとに博奕場に向かう回数が増え、やがて店の金の支払いにまで手をつけるようになり、番頭に問いつめられて窮地に陥《おちい》ったのである。

おうらは奉行所に訴えると言ったのだが、それでは店の醜聞を世間にばらすようなことになると番頭に説得され、清六は家から叩《たた》き出されたのであった。

それから五年、清六は悪夢を見てきたと思っている。

「まあ、そういうことです、旦那。つまらない男なんです」

清六は、悔いるように一人ごちた。

確かに馬鹿な話だが、目の前の痩せた貧相な男を見ていると、なんとなく、笑うに笑えない平七郎である。

「それで、今は何をしているのだ」

「いろいろやってみましたが、どれも続かず、今は日傭《ひよう》とりで細々とやっております」

「ではその半てんは何だ」

「ああこれですか。今日はさる商家で棟《むね》上げの祝いがございましたが、大工の日傭とりとして列席しておりましたので」

「ほう、大工の日傭とりも出来るのか」

「むつかしいことに手を出す訳ではございませんから」

「うむ。それじゃあここに住んでいる所を書いて、そしたら帰ってもいいぞ」

平七郎は、自身の矢立てを懐紙の上に載せて置いた。

「ありがとうございます」

「まっ、二度と無鉄砲なことはするな。今回は事なきを得たが、命を落とす場合だってある」

「はい……」

清六は、さらさらと所を書いて平七郎の前に差し出すと立ち上がった。

だが、戸口で立ち止まって振り返った。

「何だ」

「お尋ねしたいことがございます。島送りの日は前もってわかるものでございましょうか」

「島送りだと……」

突然何を言い出すのかと驚いてその顔を見返したが、清六の顔は神妙そのもの、息を詰めて平七郎の返事を待っていた。

「島送りの日が本人に言い渡されるのは、船に乗せられる前日だ。前もって尋ねても教えてはくれぬよ」

「そうですか、わかりませんか……」

清六は肩を落とした。

「しかし、島からの交易船が鉄砲洲《てっぽうず》に停泊したら、島送りが近いということだ。その船で囚人を運搬することになっているからな」

「船の停泊はどれほどの日数でしょうか」

「さあな。時化《しけ》がこなければ十日から二十日ぐらいかな、島に引き返す日がはっきりしないのは、積み荷や天候の加減によるのだ。しかし何故《なぜ》そんなことを聞く？」

「いえ、別に……いろいろとありがとうございました」

清六は、それ以上の質問を避けるように、そそくさと部屋を出て行ったのである。

——いったい何だ……。

平七郎は腕を組んだ。

その時であった。

主の藤十郎が顔を出した。

「立花様、ごくろう様でございます」

「うむ。手数をかけたな」

「いえいえ、大した傷ではなかったようで、ようございました」

「困ったものだな、両国が賑やかなのはいいが」

「はい。これからが大変でございます」

藤十郎は笑った。

だがすぐに真顔になって、

「それはそうと立花様。今の人ですが、余程お体がお悪いようでございますね」

「何、体が……」

「はい。わたくしどもはお薬の商売を致しておりますから、実に様々な病気をお持ちの方を拝見することになります。私が見たところでは、体の中にのっぴきならない病を持っているのではないかと……一度、ちゃんとしたお医者に診《み》てもらったほうがよいかと」

「わかった。今度会ったら伝えておこう」

平七郎は刀をつかんだ。

米沢町の番屋に回るためである。

番屋では秀太が、あの乱暴者たちを調べている筈《はず》だった。秀太一人では心細かろうと思ったのだ。

だが藤十郎は、

「お待ち下さいませ。立花様に是非、見て頂きたいものがございます」

改まった顔をして言った。


平七郎が案内されたのは、藤十郎の居室だった。

藤十郎は、この米沢町の一丁目にある薬種屋の他にも、二丁目に絵具屋と絵草子屋、三丁目に質両替屋と、いくつも店を持っている。

だがその大店《おおだな》の主にしては、部屋は簡素でさっぱりしていた。

ただ、棚にはたくさんの書物が積まれていて、藤十郎の商いに対する熱心な関心が窺《うかが》えた。

平七郎が座敷に座ると、すぐにおきよという美しい妻女が茶を運んで来たが、おきよが平七郎に挨拶《あいさつ》して下がると、藤十郎はおもむろに袋棚の前に立った。

袋棚から鍵のかかった箱を取り出して、平七郎の前に置いた。

「見て頂きたい物は、この中にあります」

「随分厳重に保管しているものだな」

「はい。たいせつな証拠でございますから、滅多なところには置いてはおけません」

藤十郎は財布から鍵を出して蓋《ふた》を開けた。

「御覧下さいませ」

藤十郎は、油紙に包んだ物を平七郎の膝前に置いた。

「これは……人参ではないか」

「はい。見た目はそうです」

「と、いうことは、人参ではないのか」

「はい、むろん、規定の販路を通じて入ってきたものではございません。ですから、抜け荷で紛《まが》い物ということになります」

「どこで手に入れた」

「人足稼業をしている者が、この一本だけでしたが、私の店に売りに来たのでございます。ひと目見た時から、紛い物だとわかりましたが、わざと騙《だま》されたふりをして買ってやりました」

「……」

「それで、どこで手に入れたのか聞きましたところ、名前は知らないがひと月ほど前に、酒場で人足仲間から貰ったというのです」

「何……」

「それでその人足のことを聞きましたら、その後ぷっつりと姿を見せなくなった、もう江戸にはいないのではないかと言ったんです」

「……」

「立花様、紛い物の薬の話は、交易品のテリアカをはじめ、たびたび起こる事件ですが、今度の場合は多量に出回っていた代物《しろもの》です。実はさる新米の医者が、この紛い物を知らずに使って、人ひとり亡くなっております。それで私も十組問屋の改め会所の一人として、ひそかに調べてみたのですが、調べ始めてすぐにぴたりと止みまして、これではわたくしどもの手に負えません。それで立花様にご相談させて頂くのが最善かと存じまして」

「わかった。俺なりに調べてみよう。これは俺が預かってもよいか」

「はい。これで私もほっと致しました」

藤十郎は、背筋を伸ばして笑みを見せた。

「ただし、俺は橋廻りだ。定町廻りのようにはいかぬ。時間がかかるかも知れぬが、それでもよいか」

「いまの定町廻りの皆様もそれは確かな腕ではございましょうが、立花様、あなた様に代わるお人はおりません。黒鷹と異名をとったあなた様のその腕は、問屋の会合でも、皆様頼りにしているのでございますよ。どうかよろしくお願い致します」

藤十郎は深々と頭を下げた。

三

神田《かんだ》川に架かる新《あたら》シ橋の北袂には、橋の管理と神田河岸積荷の管理を頼んでいる料理屋の『佐野《さの》屋』がある。

主の名を金右衛門《きんえもん》というが、その金右衛門から、呼び出しがあった。

河童《かっぱ》のような人間がいる――。

金右衛門は使いの女中にそんな文を書いて寄越してきた。

平七郎と秀太が手紙を貰ったその日の昼頃、佐野屋を訪ねると、

「これはこれは、お忙しいなかをすみません」

金右衛門は、平七郎たちを首を長くして待っていたらしく、

「今からご案内しますが、困ったものです」

先に立って歩きながら、事の次第を説明した。

金右衛門の話から総合すると、その男が神田川筋に現れたのは五日ほど前のことらしい。

男はふんどし一つでしきりに川に潜《もぐ》っては何かを探しているらしいのだが、神田川を行き来している舟の船頭から、突然水面に顔を出されては危険だと苦情が出た。

そこで金右衛門が先日その者をつかまえて、川には入らないように注意を与えたのだが、生返事をしていっこうに聞く耳をもたない。

それで平七郎に連絡したのだと言った。

「その者は二日前までは、和泉《いずみ》橋と新シ橋の間を潜っていたようなのですが、昨日から新シ橋の下流で潜っています……ちょっと待って下さいよ」

金右衛門は久右衛門《きゅうえもん》町蔵地前の土手から川筋を眺めた。

対岸は神田川の南の土手、いわゆる柳原《やなぎわら》土手がずっと続いている。

「ああ……あんなところで焚《た》き火をして」

金右衛門は河童を探すより先に、川の側で白い煙を上げている焚き火に目を留めた。

「立花様」

憤慨した顔をして金右衛門は先にたって小走りし、新シ橋を渡って河岸に下りると、さらに東に走って、燃えている焚き火に走った。

「こ、こんなところで焚き火をしては困りますよ」

金右衛門が声をかけると、

「申し訳ありません。きっときちんと後始末致しますので」

焚き火をしていた男は、煙の向こうから立ち上がると頭を下げた。

「これは……」

金右衛門は焚き火をしていた人物が、一見して純朴そうな若い武士だったことに驚いたようだった。

憂《う》さ晴らしや遊びで火を焚いているようには見受けられなかったからである。

「ここで何をしているのだ。春先は風が強い。火の粉が民家に飛べば大火事になる」

平七郎は厳しく言った。

「もう少しだけお許し下さい。いま川から上がってきますので、それで体を温めましたら火を消します」

若い武士は川の流れの一点に目をやりながら言う。

言っているうちに、そこにぽっかりと頭が出てきた。

「清さん、清さん」

若い武士が川の中の男に声をかけるが、男は頷《うなず》いただけだった。すぐに大きく息を吸い込むと、勢いをつけてまた潜った。水色の水面にくたびれたふんどしをまとった痩せた尻が、一度ぷりんと見えたが、すぐに消えた。

「探し物をしているのです」

無言のうちに大人二人の咎《とが》めるような物腰を察したのか、若い武家は弁解がましく言った。

「何を探しているのだ」

「小判が落ちているんじゃないかというのですが」

「小判！……ほんとか」

秀太は驚いて水辺に寄って腰を落とした。

水中に先程潜った男の姿を探している。

「誰かが落としたという証《あかし》でもあるのか」

秀太は振り返って聞いた。

この手の話はよくある話だ。どこかの川や海に船が沈んだが、珍品大金を積んでいたとか、どこかの屋敷の下には埋蔵金があるとか……しかしそれが出てきた例《ため》しがない。

「それはなんとも……」

若い武家が困った顔をした。

その時、また男が川面に顔を出した。

――おやあれは……。

「秀太……あの男じゃないか」

平七郎が驚いて言うまでもなく、

「平さん、清六ですよ」

秀太は呆《あき》れた顔で言い、

「おい、こっちに来るのだ！」

清六に向かって大声を上げた。

清六もようやく気づいたらしく、ゆっくりとこちらの岸に泳いで来た。

「だ、旦那、この間はどうも」

清六は、びちゃびちゃになった体で上がってきた。唇は真っ青でがたがた震えている。

「清さん、早く」

若い武士が、これを待ち受けていて、清六の肩に綿の入った半てんをかけた。

「そんな体でお前は、馬鹿な真似をするものだな。早く着物を着ろ」

平七郎は大声で叱《しか》りつけると、とにかく今日はもう止めろ、聞きたいことがあるのだとぴしりと言った。

「まったく、お前は……見ろ、向こう岸で見物人が笑っているぞ」

秀太も顎《あご》で向こうを差した。

いつの間に集まったのか、河岸に荷を上げる人足たちが、へらへらと笑い合ってこちらを見ていた。

――おや……。

平七郎の目は、人足たちの中に、見たことのある男をとらえていた。

――そうか、おこうの店だ。

読売屋《よみうり》のおこうの店で見たことのある顔だと思い出した。

だがその男は、すぐに人足たちから離れて河岸の路に消えて行った。


「体が温まるぞ。食べろ」

平七郎は、畏《かしこ》まっている清六と滝田悠一郎《たきたゆういちろう》と名乗った若い武士に、運ばれて来た熱いうどんを食べろと促《うなが》した。

平七郎と秀太は、蕎麦を頼んでいる。

金右衛門を店に帰してから、四人で柳橋近くの蕎麦うどんの店に入った。

「かたじけない、いただきます。清六さん、いただきましょう」

悠一郎は、素直に、遠慮することもなく箸《はし》をとった。

すると清六も箸をとったが、半分も食べぬうちに箸を置いた。

「体を病んでいるのではないか。病んでいるのなら、あんな冷たい川に入っては駄目じゃないか」

平七郎が顔を覗くと、

「いえ、大したことはございません。昔から食は細いのです」

などと清六は取り繕《つくろ》った。

「ならばよいが……清六、先程の話に戻るが……」

平七郎は、ここにやって来るまでに清六から、去年の夏に神田川に小判をばら撒《ま》いた商人がいるのだと聞いた話に戻した。

「誰が、どこで、どれ程の小判を撒いたのだ」

「よくは知りません。この神田川とだけ聞いています。撒いた小判がいかほどだったのか……千両という人もおりますし、五百両という人も……」

「まったく……そんな眉唾《まゆつば》ものの話を信じたというのか。情ないな。見たところ仕事にも行かずに宝探しをしているようだが、拾い上げる物は茶碗のかけらか、がらくたか、それじゃあ米の一升にもならぬではないか」

「それはそうですが、こちらの、悠一郎様と一緒に暮らしておりますから何とかやっております」

「何、この若い者に養って貰っているのか」

平七郎は、申し訳なさそうに頷いた清六を見て驚き、呆れた顔で秀太と見合った。

「立花様、助けて貰っているのは私です」

側から悠一郎が口を挟んだ。

「私は浪人です。日傭とりの仕事に就《つ》くようになりまして、それでこの清六さんと知り合ったのですが……」

それまで悠一郎は浪人だった父親から、これから仕官が叶《かな》うとすれば、それは算盤《そろばん》が出来るか、それとも学問に秀でているか、いずれかだと聞かされて、幼い頃より学問に専念してきた。

父親が亡くなった時、悠一郎は十七歳になっていたが、それまで一度も働いたことがなかった。

父を亡くした悠一郎は、その日から糊口《ここう》を凌《しの》ぐために働かなくてはならなくなった。

「ある日のことです。口入れの仕事で行った先で日当を貰った時、私の賃金が他の者より二割かた安いと気づいた清六さんが、雇主にかけ合ってくれました。私は日傭とりを差配する者にピンはねされていたのです。その時清六さんは、この世の中は生き馬の目を抜くと言われるほど油断のならないものだ、気をつけなさい。そう言ってくれました。それで親しくなりまして……ある日、私が蘭学の先生の塾に通うためにいっさいの無駄を省いて束脩《そくしゅう》をつくっていると知った清六さんが、一緒に住めば家賃だけでも助かる、そう言ってくれたのです」

悠一郎は清六を庇《かば》うように言った。

すると清六が、

「いやいや、この悠一郎様は、私が時々無茶をするものですからね。まるで息子のように案じてくれて、それで一緒に暮らして下さっているんですよ」

悠一郎を褒《ほ》めた。

互いを庇いあう二人を、平七郎と秀太は、不思議なものでも見るような思いで眺めた。

二人の取り合わせはどうみても好対照で、まるで鷺《さぎ》と烏《からす》のようだった。

清六は、いわば人生の失敗者である。

危ういことに手を染めて転落し、どう見ても二度と昔の暮らしに戻れるような男ではない。

一方の悠一郎は、浪人とはいえ武士の子で、その不仕合わせな生い立ちからは考えられないほど俗塵《ぞくじん》にまみれていない廉潔《れんけつ》の人のようだ。

清貧に甘んじ、不正を受けつけず、天衣無縫《てんいむほう》ぶりがうかがわれる。

「住まいは、明神下《みょうじんした》の金澤《かなざわ》町の裏店《うらだな》だったたな」

「はい」

悠一郎は頷いた。

「まっ、宝探しはほどほどにな。焚き火も、もしものことがあれば学問どころではなくなる。止《よ》した方がいい」

平七郎は、二人に言い置くと、秀太とその店を後にした。

四

「ありましたよ、そういう話」

読売屋『一文字屋《いちもんじ》』のおこうは、平七郎が神田川に小判をばら撒いた者がいるという話をすると、すぐに立って行って、棚の上から発売した読売の綴《つづり》を抱えてきた。

「昨年の夏だったと思うのですが……」

おこうは言いながら、ぱらぱらめくりはじめた。

おこうは群青《ぐんじょう》色の着物に黒橡《つるばみ》の帯を締めているのだが、俯《うつむ》くと白い胸のふくらみが襟元に見え、平七郎は目のやり場に困って戸口に顔を向けた。

通いで台所仕事をしてくれているお増《ます》は今日は休んでいたし、辰吉《たつきち》も取材で出かけており、店にはおこう一人だったのである。

表通りからゆらゆらと立ち上るような日の光にほんのいっとき心を奪われていると、

「平七郎様」

おこうが呼んだ。

「これでございます。御覧になってなかったですか」

おこうは言いながら、一枚の読売を取り上げた。

平七郎が手にとって読み上げるのと同時に、おこうが説明した。

「八月三日の宵《よい》、大坂の黒埼屋半左衛門《くろさきやはんざえもん》という油問屋が、芸者二十人近くと船遊びを楽しんだ。隅田川では花火を千発近く上げさせたが、それでも物足りなくて、神田川に船を入れてからお供の者に持たせていた袋から無造作に小判をつかみ出すと、鬼は外、福は内などと言い、小判を撒いて皆を笑わせた。船の上は小判の争奪戦となり、船はあっちに揺れこっちに揺れして、船外にこぼれ落ちた小判もあったと聞く」

「ふむ。船外にこぼれ落ちたとは、どのあたりだ」

「それがはっきりしないのです。船は動いていた訳ですし、それに外は闇景色、芸者の二、三人にも当たってみたのですが、覚えていませんでした。ただ、新シ橋あたりから柳橋あたりまでではないかと……」

「今までに拾い上げた者はいるのか」

「いえ、それはまだ聞いておりません。こういう話は噂《うわさ》が噂を呼んで、大袈裟《げさ》な話になりますから、そのお人にも言ってあげたほうがいいかもしれませんね」

「そうだが、あの様子ではしばらく諦《あきら》めそうにもないな」

「一枚でも出てきたとなると、たいへんです。宝探しに興味のある人たちもいますから、そうなったら何人川に飛び込むか……」

おこうは、その有様を想像したのか、くすくすと笑い出した。

「おこう、笑いごとではないぞ」

「だって、本当のことを言うと、わたくし、ほら、甲斐《かい》の国では昔金山だったところの川には金の粒が川底にあるというので、金探しの人たちが今でも後を絶たないっていうじゃありませんか。そういう話、大好きなんです」

「おこうが男子だったらたいへんだな。今頃は神田川に潜《もぐ》っているかもしれぬな」

「はい」

おこうは弾んだ声で言い、

「あざらしのことだって、もう楽しくて、いま辰吉に追っかけてもらっているのですよ」

おこうの話は弾む。

「そうだ。もう一つ聞いておきたいことがあった」

平七郎は、上がり框《かまち》から立ち上がってから思い出した。

「昔、そうだな。親父さんが元気だった頃だ。この店にネタを売りに来ていた男がいたろう？……団子鼻の目の細い……ちょっと右肩を落として歩く」

「ああ、福松《ふくまつ》さんでしょ」

「それだ。見たぞ、神田河岸で」

「まあ、今も山名屋《やまな》さんにいるのかしら」

「山名屋……」

「廻船問屋の山名屋さんです。私がこのお店を継《つ》いだ頃だったと思いますが、福松さんがやってきて拾ってくれるところがあるので、もうこちらにはお世話になれないって言ったんです」

「……」

「もっともお仕事は、隅田川べりの佐賀《さが》町にある蔵の中の番人だと言っていましたから、その後も続けて頑張っているのかなって、思っていたのですが……」

「蔵番か……」

そういう仕事なら、なぜ神田川までわざわざ見物にやってきているのかと、平七郎は疑問を持った。

清六の話でも、右肩を落として歩く男は毎日のぞきに来ているということだった。

――一度や二度ではない。毎日来ている。

清六とは何の関係もない男が……平七郎には気になっていたのである。

「平七郎様、私も一度、小判探しをしている現場を見てきます。清六という人がどんな人なのか見てみたいもの」

「しょぼくれた中年の男だ」

「だから面白いのです。若者が夢を追うのは当然ですが、いい年齢になって……」

おこうは笑った。

確かにおこうの言う通りかもしれない。

だが平七郎は、そんなことより清六を蝕《むしば》んでいる病は何か、そのことの方が気掛かりだった。

「まったく、おめでたい野郎だぜ」

水から上がって体を温めようと入った居酒屋で、清六は見知らぬ客から嘲《あざけ》りの言葉を受けた。だが、黙って椅子《いす》にかけると、

「すまねえが、うんと熱くしてくれ」

注文をとりにきた小女《こおんな》に言い、店の隅っこに腰掛けた。

腰を据えると同時に、どっと疲労が押し寄せて来る。

川に潜るという行為とは別に、近頃少しも食が進まず、体力が衰《おとろ》えているのがわかる。

いちいち野次馬の言葉に反応する元気などある筈《はず》もない。

人にどう思われてもいい。清六は恬然《てんぜん》としていた。

そんなことより、こうしている間にも刻々時間に迫られて、その方が気掛かりだった。

「肴《さかな》は……いらないのよね」

小女は、熱くした銚子とぐい呑《の》みを置き、ちらと清六を見て言った。

「すまねえな、ねえさん」

清六は小さな声で言い、かぶりを振った。

川潜りをするようになって、度々この店に清六は立ち寄っている。

だがいつも頼むのは酒だけだった。

こういう店は酒だけ頼む客よりも、たとえ一品でも肴を頼んでくれるほうがいいぐらいのことは、清六にはわかっている。

だがそんな持ち合わせはないから、ずっと酒だけを頼んできた。

女はそれを覚えていて、一応聞いたまでのこと、それ以上清六を相手にすることはない。むしろ、力尽きた幽霊のような顔でやって来る清六を薄気味が悪いと思っているように見えた。

——無理もない……。

清六は、そんなことも気にしなかった。

他人が自分に関心を寄せようが寄せまいが、そんなことはどうでもよかったのである。

川から上がった後のこの一杯だけが、今の清六の楽しみだった。

清六は、ぐい呑みの酒を愛《いと》しむように両手に挟み、その暖をまず掌に取り、それからゆっくりと喉《のど》に流した。

「酒を飲む河童なんて初めて見たぜ」

一杯飲み干したところで、今度は別の客が体を寄せてきた。

清六の耳に囁《ささや》くように言った。

「おめえ、何狙《ねら》ってるんだ……鰻《うなぎ》か……まさかな。魚は素手《すで》ではとれねえもの。そうだ、まさかのまさかで、去年船からお大尽が撒いたという小判を狙っているのかい？」

清六の顔を窺《うかが》うと、

「やっぱりそうかい。やめとけやめとけ。あれから何人も潜ったんだ。ところが誰一人拾った者はいねえ」

「俺は拾う」

清六は突然目を剝《む》いた。

自分でもびっくりしたが、何かに憑《つ》かれたようなその目の色に、

「まっ、やってみりゃわかるさ、なっ、やれやれ」

客はからかうように呟《つぶや》いたが、やはり尋常ではないと思ったのか、すうっと向こうの席に戻って行った。

「ふん、今にみておれ」

清六は一人ごちた。

――俺を馬鹿にした奴等を、あっと驚かせてやる。

酒のせいか心の中で眠っていた怒りのようなものが、ふつふつと湧いてきた。

——それにしても、あれ程おうらに馬鹿にされるとは……。

身代に目がくらみ、あんな女の婿におさまったのは間違いだった。

なにしろおうらは、ことごとく婿の清六を小馬鹿にしたのである。

おうらは気づいていないだろうが、清六にはおうらの言動のひとつひとつがそう映った。

あの高慢ちきな女を心底跪《ひざまず》かせてやりたいという思いが、道を踏み外していった本当の原因だったと思わぬ訳ではない。

どうあれ、昔の亭主を小馬鹿にしていいものか。

いつになく清六の酒はすすんだ。何度かおかわりを注文した。

だが、勘定を払う段になって、巾着を逆さに振っても銭が足りないことがわかった。

「勘弁してくれ。いや、明日はきっと持って来る」

清六は小女に謝ったが、すぐに板場の奥から前垂れをした男が飛んで出てきた。

男は板場を出た時から、顔をひきつらせていた。

「初めからただ飲みするつもりだったんだな。いつもなら銚子一つで帰るお前さんがお代わりをして、おう、どうしてくれるんだい」

男は清六の襟をつかんだ。

「だから、明日……」

「うるせえや！」

男は清六を張った。

清六は樽椅子をひっくり返すようにして土間に倒れた。

客たちは野次馬に早変わりして、冷たい目をして笑って見ている。

板場の男は、自分の激情に触発されたように声を荒げた。

「やい、起きろ。二度と立てねえようにしてやるからよ」

倒れている清六を引っ張りあげて、もう一度打った。

清六は、飯台に胸を打ちつけ、その反動で後ろにのけ反《ぞ》るように、土間に落ちた。

「待て、それぐらいにしてやれ」

入って来たのは平七郎だった。

「これは旦那、いくら旦那のお言葉でも、この男はただ飲みしたんでございやすよ」

板場の男は訴えた。

「いくらだ。いくら足りないのだ」

「二百四十文です」

答えたのは、盆を胸にかかえておろおろしていた小女だった。

「ところが一文も持ってねえという」

今度は男が吐き捨てるように言って、平七郎を見返した。

「わかった。まてまて」

平七郎が懐《ふところ》の財布を取り出した時、

「立花様、私が清さんの代わりに支払います」

戸口に悠一郎が立っていた。

「帰りが遅いのでここではないかと来てみたのです」

悠一郎は懐の巾着から銭を出した。

数えたが百五十文ほどしかない。

「しまった」

悠一郎は困惑した顔を上げた。

「悠一郎殿」

平七郎はすばやく一朱金を出して、悠一郎の掌に置いた。

「かたじけない。お借りしておきます」

悠一郎は頭を下げると、一朱金を飯台の上に置いた。

「悠一郎様、申し訳ねえ」

清六は、まるで息子に甘えるように謝ると、悠一郎が差し出した手にすがりついた。

「飲み過ぎては駄目だって言ったでしょう」

「はい」

清六は、聞こえるか聞こえぬほどの声を出して頭を垂れた。

「もう浜で針を拾うようなことはお止めなさい。肺炎にでもなったらどうしますか」

「……」

「清さん……」

悠一郎は哀しげな顔をして清六の腕をとって引っ張り上げた。

「よし、俺も送って行こう」

平七郎も、清六のもう一方の腕を肩に回した。

五

「急を要する話ではなかったのです。ひょっとして何かつかんでいるのではないかと、それでお訪ねしたのですが」

平七郎は、八田力蔵《はったりきぞう》を自室に上げると、松本屋藤十郎から預かった油紙の包みを力蔵の膝前に置いた。

偽人参が出回っているという話は、藤十郎の言う通り、その後も何かの証拠と目されるものが出てくることもなく、またそれらしい動きもなく、打つ手がなかった。

そこで臨時廻りの八田力蔵に一度聞き合わせてみるのも、一つの手立てではないかと考えたのだ。

平七郎が力蔵と親しくなったのは、力蔵の身を案じ、自ら力蔵の許を去っていった元妻の美野《みの》がかかわる事件を、平七郎が解決したことによる。(『火の華』第一話)

美野はもとは深川仲町《ふかがわなかちょう》の切見世で松風《まつかぜ》と名乗った売れっ子の遊女だった。一見した限りでは、昔のそんな暮らしなど微塵《みじん》も窺えない美しい妻女だが、その美貌《びぼう》ゆえに悪の標的になった事件であった。

事件が解決した後は、力蔵は美野と再び一緒になり、娘の登美《とみ》を囲んで失った大切な過去を引き戻すような幸せな暮らしをしていると聞く。

平七郎が感心したのは、そういう妻の暗い部分を力蔵は格別隠し立てするでもなく、堂々と夫として守ってやっているところである。

美野は油問屋の養女としてひきとられ、その上で力蔵の妻になっているが、それは武家の世のしきたりに従ったたまでのこと、力蔵が世間に隠し立てしようとしてとった処置ではない。

いずれにしても遊女だった女を妻にすることは、下手をすれば同心の職務の中では花形である臨時廻りから外されるやもしれぬという不安もあった筈である。

しかし力蔵は、かえって妻を誇りにするように胸を張った。その見事さが、逆に役替えの憂き目を見なかったのではないかと思われる。

世間に対するそうした力蔵の矜持《きょうじ》は、黒鷹とかつて呼ばれた平七郎に相通じるものがあった。

だからこそ、あの事件以来、二人はどことなく親しみを感じ合っていた。

今度の人参の一件も、力蔵ならばという気持ちがあって、平七郎は力蔵の家を訪ねたのである。

力蔵一家が貶《おとし》められようとした事件を平七郎が解決したとはいえ、力蔵は平七郎には兄にもあたる年頃だった。

それもあってこちらから訪ねて行ったのだが、その折、力蔵は留守だった。

妻女の美野に、会いたいという伝言だけを言づけて帰ってきたのだが、追っかけるようにして力蔵が訪ねてきてくれたのであった。

力蔵は、油紙の中の人参を取り上げると驚いた顔を向けた。

「これは……立花殿、実は今年の正月明けの話だが、深川《ふかがわ》の櫓下《やぐらした》の溝《どぶ》で一人、油堀《あぶらぼり》川で一人、人足が殺された事件がござった」

「何、この人参を松本屋に持ち込んだのも、人足だったと聞いています」

「ほう……実は殺された人足の一人が、口の中に人参をくわえ込んだまま殺されていたのだ」

「その人足ですが、雇われ先はつかんでいますか」

「おおよそのところはつかんでいる」

「……」

「口入れ屋を当たったところ、いくつかの廻船問屋に雇われていたことがわかった。それで、それらの店が揚げた荷を、一度抜き打ちで検《あらた》めたことがある。だが、敵もさる者だ……収穫はなかった」

「廻船問屋ですか……」

「湊《みなと》屋……大黒《だいこく》屋……伏見《ふしみ》屋、そして山名屋」

「山名屋」

「何か？」

力蔵はきらりとした目を送ってきた。

「いや、山名屋はこれとは別件で名を聞いている……」

平七郎は読売屋で、おこうから、昔情報を提供してくれていた福松という男がいたことを聞いていたが、その福松が情報屋を辞めて蔵番として勤めたのが山名屋だった。

「立花殿、臨時廻りも探索を諦めた訳ではない。引き続き調べている。お互い新しい情報をつかんだ時には……」

力蔵は平七郎の目をとらえて頷いた。

話が終わると力蔵は、美野と再縁してなにより娘が変わった、しおらしくなったと顔を綻《ほころ》ばせ、一度ゆっくり酒を飲もうなどと言い帰って行った。

——山名屋か……。

力蔵を玄関まで送って引き返してくると、すぐに後を追うようにして下男の又平《またへい》が小走りしてきた。

「お客様でございます」

「お客?……誰だね」

「滝田悠一郎様とおっしゃる方でございます」

平七郎は、踵《きびす》を返して大股で玄関に向かった。

悠一郎が役宅までやってくるとは……平七郎の頭を不安が過ぎった。

「何かあったのか」

平七郎は、悠一郎の顔を見るなり聞いた。

「立花様、とうとう見つけました」

悠一郎の声は、心なしか興奮していた。

「何……小判が見つかったのか」

「いえ、見つけたのは小判ではなく、六寸ばかりの金の仏像です。砂の中に光るものを見つけて、つかみ上げると、それが仏像だったのです」

「仏像が川底に……」

「観音様です。金メッキを全身に施《ほどこ》してありまして、とても高価な物だと思われました」

「清六はどうしているのだ」

「もうそれは、たいへんな喜びようでございます。馬鹿な野郎だと笑っていた連中の鼻を明かしてやったと……」

狭い長屋の中の、あっちに隠したり、こっちに隠したりして、欣喜雀躍《きんきじやくやく》の体《てい》だという。

「無理もないな」

「それはよろしいのですが、拝むだけ拝んだら、良い値で引き取ってくれる骨董品屋に売り払う。そう申します」

「……」

「私は物が物だけに、一応お奉行所に届け出た方が良い。しかるべき寺の盗品だったりしたらお仕置を受けるかもしれない。きちんと届け出て持ち主が現れなければ、いずれ自分の物になる。また持ち主が現れれば、それ相応の礼金も貰える筈だと、そう申したのですが聞き入れてくれません。それで、立花様をお訪ねしたのでございます」

「ふむ」

確かに、金持ちの商人の放蕩三昧《ほうとうざんまい》の果ての小判ならば、最初から持ち主がばら撒いたことがわかっている。届ける必要もなく、自分の懐に入れることもできるかもしれないが、悠一郎の言うように、もしも盗品だったりすれば、厳しい取り調べを受けることにもなりかねない。

「清六は金をいますぐに欲しいというのか」

「はい。それも多ければ多いほどいいんだと……一文でも多く欲しいと」

「わかった。一緒に長屋に参ろう」

平七郎は部屋に戻ると、慌ただしく支度をして玄関に向かった。

役宅を出た時にはまだ家々の屋根には陽の名残が模糊《もこ》とした色を呈していたが、悠一郎と清六が住まいとする明神下の金澤町の裏店に到着した時には、地も空も闇に覆われていた。

長屋の木戸口に立った時には、左右の家から路地に仄《ほの》かな明かりが零《こぼ》れていた。

「おかしいな」

悠一郎は、木戸を入るとすぐに、路地の奥に走った。

悠一郎は灯のついていない、真っ暗な家の戸を開けて中に走り込んだ。どうやら、その家が二人の住居のようだった。

「清六さん」

悠一郎は手探りで行灯に灯を入れた。

「これは……」

悠一郎は絶句して平七郎を見返した。

家の中は、行李《こうり》の蓋を開けてひっくり返され、本が散らばり、鍋釜が無造作に放り投げられ、かまどの灰まで引っ張り出され、少ない所帯道具とはいえ、部屋いっぱいに荒らされていた。

「何があった」

「清六さん……」

悠一郎が慌てて土間に下り立った時、

「悠一郎様、たいへんですよ。怖い人たちが三人もまあここで暴れて、しまいに清さんを連れていっちまったんだよ」

長屋のおかみが入って来て言った。

家に灯がつき、悠一郎が帰ってきたのを知って、長屋のおかみはやって来たようだった。顔は恐怖でひきつっている。

「もう、怖くてさ。なんとかしてやりたかったけど、何にもしてあげられなくて」

「おかみ、怖い人とは、町人か、それとも武士だったのか」

平七郎が聞いた。

「ご浪人が一人と、後の二人は目つきの悪い町人でした」

「その者たちが、清六に何を言っていたのか、聞いてはいないのか」

「悠一郎様がお出かけになった後で、長屋にいたのは、あたしと、三軒向こうの婆さんだけで、まだみんな仕事から帰っていない頃だから、はっきり聞いてはいないんですよ。ただ……出せ出せ……そんなことを言っていたような」

「立花様」

悠一郎の顔が、瞬く間に青くなった。

どこで誰が、どのように知ったのか、あの仏像のことが知れ、それでここに賊《ぞく》が乗り込んで来たらしいことは確かだった。

「片づけるの手伝いましょうか」

「いえ、大丈夫です。私ひとりで片づけます」

「そうかい。何かあったら、何でも言っとくれ」

長屋のおかみが帰って行くと、二人はしばらく、何か手掛かりを落として行っていないかと、散らばった物を片づけながら調べてみたが、残っていたのは板の間に残していった、草履の跡だけだった。

「やることは随分荒っぽいが、しかし手口は周到なやつらだな。悠一郎殿、金の仏像のことだが、知っているのは二人の他に誰かいるのか」

「さあ……私は誰にも話していません。清六さんも、立花様にさえ、言わないでくれなどと言っていたくらいですから」

「清六は仏像をどこに隠したのだ」

「清六さんは、私が出かけた後で、どこかに隠したに違いありません。私がお奉行所に届けたほうがいいなどと言ったものですから、隠し場所は私にも内緒にしようと、そう思ったのではないでしょうか」

「しかし、連れていかれたところを見ると、賊は仏像の在処《ありか》を見つけることが出来なかった」

「はい」

「清六はあの体だ。仏像の在処を吐かせようと拷問されたら命はもたないぞ」

「……」

悠一郎は、がっくりと肩を落とした。

どう考えても、誰に襲われたのか見当もつかない様子だった。

「悠一郎殿……清六は、なぜそんなに金が必要だったのだ」

「……」

悠一郎は首を振った。振ったがすぐに、

「多分、私に余計な心配をかけたくなかったのでしょう」

「ふむ。しかし毎日一緒に暮らしているのだ。清六のことを一番よく知っているのは悠一郎殿だ」

「……」

「ではどうだろう。清六が川に潜り始めた頃に、何か変わったことがあったのじゃないかな」

「川に潜り始めた頃ですか……」

平七郎は頷いた。

「哀しそうな顔をして帰ってきたことがあります」

「ほう……で、その原因は、話したのか」

「はい。清六さんの田舎《いなか》は落合だそうですが、同じ村の女の人が、深川の裾継《すそつぎ》にいたんだって」

「裾継……その女の名は？」

「おひろさんとか言ってましたね」

「おひろ」

「はい。そういえば、あの夜、清六さんは飲み屋に行きました。そして、この間のようにへべれけに酔っ払って、私が迎えに行きました」

「……」

「その時、おやと思ったのですが、清六さんは泣いていたんです。私の姿を見た途端、清六さんはすぐに掌で顔を拭《ふ》くような所作をしたのですが、目を合わせた時、その目が赤くて、ああ、清さんはここに泣きに来たのだと思いました」

「それかもしれぬな、金を欲しいわけは……」

平七郎は立ち上がった。刀を腰に差しながら、

「とにかく当たってみる。悠一郎殿は仏像を探してみてくれ」

土間に降りようとしたその時、

「立花様、ちょっとお待ち下さい」

はっと顔を上げた悠一郎は、壁の裾に張ってある反古紙《ほごし》を丹念に一枚一枚めくり始めた。

「ひょっとしてここに……狭い家です。仏像を隠すとしたら、ここしかありません」

夢中で紙を剝がして行く。

反古紙は、塗り壁が剝がれ落ちたり、あるいは劣化して中が空洞になってしまった壁の裾の粗隠しに張ってある。

この家に入ってきた時には、ずいぶん古い建物だと、すすけた壁の色や赤茶けた畳を見たが、部屋に乱雑に放り出されている品々に目をとられて、壁の裾の傷みまでは気がつかなかった。

「あった……」

興奮した声がしたと思ったら、悠一郎は壁の中から何かをつかんで手を引き抜いた。

晒《さらし》の裂《きれ》に包んだ物が握られていた。

「これです。見て下さい」

悠一郎が裂をとると、中には金色の五、六寸の仏像が包んであった。

平七郎は仏像を行灯の側に持っていって、ためつすがめつしているうちに、仏像の底に印のあるのに気づいた。

行灯の扉を開けてさらに入念に見る。

判然とはしないが刻印が打ってある。

「これさえ解読できれば、この仏像を造った者、そして持ち主がわかる筈だ」

「お願いします。また奴等はここに押し寄せてくるやもしれません。私では守り切れません」

「わかった、そうしよう。悠一郎殿もいっときどこかに避難した方がよいかもしれぬな」

「いえ、私はこの家で清六さんを待ちます。清六さんは元気できっと帰って来る。私は信じてます」

悠一郎は、きっぱりと言った。

六

平七郎が秀太に仏像にあった刻印を調べるよう頼み、深川の裾継と呼ばれる遊里を訪ねたのは翌日のことだった。

深川の十五間川《じゅうごけん》に沿って西から横櫓《よこやぐら》、その奥に五軒ほど並んでいるのが裾継と呼ばれる所である。

娼妓《しょうぎ》は店のお抱えで、二朱ほど払えばひととき遊べるから、大して金のない者でも通うことの出来る場所だ。

平七郎がこの大路に入ったのは昼過ぎだったが、まだどことなく間延びした雰囲気が一帯を包んでいた。

平七郎は通りの角で担い売りのしるこを立ったまま食べている若い女郎に、おひろという女のいる店を聞いてみた。

「おひろ……ああ、ほたるさんのことだね。それだったら、ほら、向こうの角の店、山城《やましろ》屋さんにいた人だよ」

女は言った。首は真っ白だが顔はまだすっぴんで、大きく襟を抜いたその姿は、陽の光の中ではとりわけ放恣《ほうし》な感じがしたが、反面あけっぴろげで人懐こい性格が窺えた。

「源氏名を、ほたると言っていたのか」

平七郎は、女が忙《せわ》しく使う箸をちらと見て言った。

「ええ、なんでも田舎が、ほたるの里だからだって」

「じゃあんたも山城屋の?」

女は、しるこの餅を口に入れたまま、首を振って否定した。

「そうか……」

平七郎は手を上げて礼を述べ、山城屋に足を向けた。

すると、

「ちょっと、お待ちよ、旦那」

女がかたかたと下駄を鳴らして追っかけて来た。

「まったく、最後までお聞きよ。いないよ、ほたるさんは」

女は山城屋を顎で差した。

「いない……」

平七郎の胸に、どっと不安が押し寄せる。

「人を殺しちまってさ」

「何、ほたるが殺しを……」

「はい」

「いつのことだ」

「今年の二月頃だったかな。あたいも知ってるけど、その客は増蔵《ますぞう》とかいう嫌な男でさ。

これは聞いた話だけど、ほたるさんを山城屋に連れてきたのもその男だったのさ。博奕打《ばくち》ちで金が無くなったら、ほたるさんからぶんどってく。あの事件のあった日は、どうやらほたるさんは、もうお金は渡せないって抵抗したらしいのよ。私もいい歳だから、お金をためて、あのほたるの舞う田舎に帰るんだって……そしたらね、増蔵の奴は殴って蹴って、その悲鳴が店中に聞こえて……店の女将さんがあんまりだからって部屋に駆け込んだら……」

女はそこまで話して声を詰まらせた。だが、震える声で一気に言った。

「もうその時にはね。ほたるさんは、かんざしで男の心の臓を……心の臓をひと突きにしてたんだって」

「……」

平七郎は、絶句した。

ほたるという女の切羽つまった憤《いきどお》りと、そうまでしなければ男との悪縁を断ち切れなかった落魄《らくはく》ぶりが感じとれた。

「かわいそうすぎるよ。ねえ、そうでしょ」

「……」

平七郎は、哀しみの目で見返した。

「あたいたちは字もろくろく書けないけど、何度も練習して、そして、嘆願書とやらに名前を書いたんだ。まさか、こんなことで字を覚えるなんて思ってもみなかったよ」

「それで……ほたるはどうなったのだ」

「山城屋の女将さんの話じゃあ、嘆願書のおかげで死罪が遠島になったんだって……」

「そうか、それで……」

——清六は、遠島の船はどこから出るのかと聞いたのか。

平七郎が頷くと、

「旦那、旦那はいい人らしいから頼むんだけど、なんとかしてやっておくれよ。悪いのは殺されたあいつなのに……」

「うむ……」

「ほたるさんはね、皆の前でこんなことを言ってたんだよ。なんでも田舎にはいい人がいてさ。とっても優しい人でさ。その人が帰りを待っていてくれるんだって……」

「うむ」

平七郎は頷きながら、自分の無力をひしひしと感じていた。

女はしかし、平七郎が黙って女の憤りを受け止めてくれたことに感謝したようだった。

刑が決まった今、何を言ってもどうにも動かぬことぐらい、この若い女郎だって承知している。

言うだけ言うと、女は寂しげな微笑を返して店の中に入って行った。

「平七郎様……」

呼ばれて振り返ると、おこうが立っていた。

「一刻も早くと思いまして……これから佐賀町に参りますが、それも含めて歩きながらお話しします」

おこうは平七郎を促すと、

「どんな人が、清六さんが金の仏像を拾いあげたのを知っていたのか、平七郎様は、そうおっしゃいましたね」

「うむ」

「調べましたところ、当日見物していたのは二、三人だったようですが、みな、仏像を拾い上げる前に見物をやめて帰っています。ずっと見ていたのはひとり」

「いたのか」

「はい。あの福松さんです」

「すると、清六を襲ったのは福松か」

「いえ、あの人はそんなことをする度胸はございません。うちの店に出入りしていたのは父の代の時ですが、わたくしもお話をしたことがございます。でも、人を雇って押し入りをし、しかもかどわかしまでやるような人物ではありません」

「……」

「でも、一応当たってみなければと思いまして、私が知っている昔の長屋に出向いてみましたが、そこはとっくに出ていました。佐賀町の蔵には住込みで入っていたようです。それで佐賀町の蔵に参りました」

「……」

「蔵の前に縄暖簾《なわのれん》の店があるのですが、福松さんはそこに時々顔を出していたようです。そこで知り合った油堀の蔵番の人と仲がよかったと親父さんから聞きまして、万造《まんぞう》さんというのですけど、会ってきました」

「その顔では何かわかったんだな」

「はい。福松さんは、私の店に出入りする前は、京橋《きょうばし》の和菓子屋『花菱《はなびし》』にいたらしいのです。ところが主と喧嘩《けんか》をして、店を辞めた。辞める時に、腹立ちまぎれに花菱が代々大切に祀《まつ》ってきた仏像を持ち出して神田川に捨てた、そう言ったそうです……」

「……」

「で、私の店に出入りしていた訳ですが、情報屋だけでは食べていけない。そんな折、福松さんを拾ってくれたのが山名屋の旦那だっていうのです」

　おこうは、歩きながら、きらりと視線を送って来た。

「でもね、最近になって、山名屋の旦那は怖《こわ》い、恐ろしい人だって、辞めたい辞めたいって万造さんに言ってたようです」

「そういう事情なら、やっぱり清六が拾った仏像を奪いたくもなるのじゃないか。仏像を売って金を手に入れれば蔵番などすぐに辞めてもしばらく暮らしに困ることはない」

「いえ、そういうことではないようです」

「……」

「蔵番を辞めたい、辞めたいと言っていた時に、花菱の主が訪ねてきて、私も厳しく言い過ぎた、店に戻ってきなさいと言ったらしいのです。福松さんは泣いて謝った。旦那様の気持ちもわからず逆らったばかりか、大切な家の宝を持ち出して、しかも川に投げ捨ててしまったと」

「おこう……」

　驚いた顔を向けた平七郎に、おこうも頷き返して言った。

「仏像は花菱さんのものに違いありません」

「うむ」

「福松さんは、花菱の主にこう言ったそうです。自分が泳ぐことが出来たなら潜って探したい。それも出来ない私です。どうか町方にお渡し下さいと……すると、ご立派なのは花菱さんです。拾い上げなくても、あそこを往き来している船の安全を見守ってくれる。それでいいじゃないかと……」

「ほう……」

「でも、福松さんは、その仏像がなくては戻れない。清六さんがもし、仏像を拾い上げたら、全財産の五両で譲ってもらうよう頼むつもりだったと万造さんに話しています」

「それが本当なら、清六を襲った者は別人物だな」

「ええ……」

二人はいつの間にか佐賀町に入っていた。

おこうが先にたち、蔵がならんでいる川端の向かい側にある縄暖簾に二人は入った。

「おじょうさん、まもなく山名屋が出てきますぜ」

声を掛けてきたのは辰吉だった。

「平さん、山名屋の店は小舟《こぶね》町にありやすが、閑古鳥《かんこどり》が鳴いています。ここの親父の話では、看板は隠れ蓑《みの》、何やってるかわからないって……」

「そうか……おこう、福松はかつては山名屋を恩人のように思っていたんだ。仏像の話をしていても不思議はないな」

「ええ、わたくしも同じ事を考えていました」

「平さん」

その時、辰吉が緊張した声を上げた。

蔵の戸が開いて、でっぷりと太った、体も顔も河豚《ふぐ》のような男が出て来た。

「山名屋甚五郎《じんごろう》です」

辰吉が言った。

――おや。

平七郎は目を凝らした。

山名屋の後ろからぞろぞろと出て来た者の中に、浪人がいる。

――清六に暴行を加え、連れ去った一味の中にも浪人がいたと聞いている。

「辰、奴等から目を離すな」

「任して下さい。あっしはいずれ、旦那が定町廻りになられたあかつきには、きっと手札を頂きたいと考えているんですぜ」

辰吉は腕をまくって、にやりと笑った。

「辰吉、聞き捨てならない事を言いましたね。では一文字屋はどうします。わたくしを見限るのですね」

「と、とんでもねえ。読売もやって、旦那の手下もやる。そうだ。いっそのこと、お二人一緒になっては……そうすりゃあっしもやりやすい」

「馬鹿なこと言って……」

おこうは、辰吉の頭をこつんとやった。

「まったくだ」

平七郎も相槌を打った。

だが二人は、途端に視線を逸らして前方を注視した。

甚五郎たちは川下に歩いて行く。

「じゃ旦那、何かあったらお知らせしやす」

辰吉は、勢い良く飛び出して行った。

七

「平さん、あそこですね」

秀太は、和泉橋の上から人の群れている河岸地を差した。

橋の上流半町ばかりのところである。

「行こう」

二人は橋を下りて土手を走り、河岸地に下りた。

「立花様、平塚様、たびたびご足労頂きましてすみません。とうとう死人が出てしまいましたよ」

佐野屋の主金右衛門は二人の姿を認めると、疲弊しきった顔で出迎えた。

「死人は、まさかあの河童男ではあるまいな」

「はい。まあ、御覧下さいまし」

金右衛門はそう言うと、

「立花様がお見えだ！」

大きな声で、そこをとりまいていた野次馬や番屋の小者たちに道を空けさせた。

筵《むしろ》の上に、ふんどし一つの男の死体が転がっている。

平七郎は筵の際に腰を落とした。横向きになっている死体の顔を手前に向けて驚いた。

「福松じゃないか」

「ご存じでしたか、立花様は」

「うむ」

金右衛門に返事をしながら、平七郎は福松の体を足元からざっと眺める。

「川に潜って小判探しをしていて、溺《おぼ》れたのではありませんか」

金右衛門は言った。

つい先頃まで小判を探して清六が潜っていた場所である。新しい物好きがまた出てきて、小判探しに興じていても不思議はないが、福松に限って言えば、それは違うと断定できる。

「秀太、これを見てみろ」

平七郎は、福松の首の後ろを差した。

生え際のあたりに、後ろから強い力で首をつかまれたような、紫色になった五本の指跡がくっきりと残っていた。

「殺しですか」

秀太は顔をこわ張らせた。

「そうだ。溺れたように偽装するために、福松をつかまえて首を水桶《みずおけ》にでもつっこんで殺したに違いない」

「すると、殺した後でこの川に？」

「そういうことだ」

平七郎が頷いた時、

「殺してから川に捨てる。先の人足殺しと同じ手口だ」

後ろで声がした。

振り返ると、八田力蔵が手下の岡っ引、妻八《つまはち》と立っていた。

「これは八田さん」

「立花殿、俺もこの男を調べていた」

「福松を？」

「人足二人が蔵の中で殺されたのを見たという投げ文があったのだ。名は記してなかったが、俺たちは山名屋の蔵に、早い段階から目をつけていた。二人の人足が殺された直後に、この福松が蔵番を辞めておる。手紙を寄越したのはこの男ではないかと追っていたのだ」

「そうですか。そういうことなら一文字屋を当たって下さい。筆跡が福松のものであるのかどうか、わかるかもしれません」

「わかった。いまから福松の長屋も当たってみるか」

平七郎にお伺いを立てるような言い方をした。

「お任せします」

「じゃ、何かわかったら後ほど……」

力蔵はそう言うと踵を返したが、すぐに戻って来た。

「あの人参だが、正体は桔梗《ききょう》の根っこだった」

さりげなく言った。だが、とうとつき止めたという自負が、口辺に浮かべた笑みに窺えた。

「なるほど桔梗ですか」

「さよう。どこかで多量に栽培して、問屋仲間の改め会所を通さずに、藪《やぶ》医者やもぐりの薬種屋に流したものと思われる。じゃあ」

力蔵は探索の経緯を告げると、妻八と去って行った。

「秀太、福松は口封じに殺されたな」

「そうですね。仏像が手元に戻れば、福松は晴れて花菱に戻ることが出来たのに、皮肉なものです」

「うむ」

「しかしあの仏像は、好事家《こうずか》なら百両出しても手に入れたい代物だそうですから」

「百両か……ずいぶん結構な値がつくものだな」

「私もおこうさんから、仏像は福松が花菱から持ち出した物らしいというのは聞いていたのですが、念のため調べましたところ、先年亡くなった仏師泰観《たいかん》の作だということがわかったのです。泰観の弟子に栄観《えいかん》という仏師がおりますが、その栄観があの刻印を見て師の作だと言ったのです。金の仏像のことは師の泰観から聞かされていて、花菱に懇願されて造ったのだと……金メッキとはいえ、当時の金で五十両の仕事だったということでしたから」

「そうか……まっ、いずれにしても、花菱へ返却するのは、拾い主の清六の承諾を得た上でのことだな」

平七郎は、土手の上を運ばれていく戸板を見送りながら秀太に言った。

――しまった。

辰吉は、思わず舌打ちをした。

あれからずっと辰吉は、山名屋甚五郎を尾行していたが、見失ったのは初めてだった。

山名屋は昼間は小舟町の店にひきこもっているが、夜になると大川を渡って深川に下り、蔵に入った。

蔵にはどこからともなく裕福そうな商人が、人の目を気にしながら入って行くのである。

山名屋はおおよそ半刻ぐらいで蔵を出てきた。

蔵は博奕場になっているのは確かだった。

山名屋は客人に挨拶をすませると、後を手下に任せてさっと退出してくるのだと辰吉は読んだ。

ところが今日は、目のまわりにクマの出来たような人相の悪い男が昼前に店に入った。

山名屋はその男と店を出てきて、いつもの通り大川を渡ったが、蔵には寄らずに、油堀川に沿って東に向かったのである。

――いよいよだ。

辰吉は生唾《なまつば》を呑み込んだ。

人を追尾することなど、辰吉は朝飯前だと思っていたが、材木町《ざいもく》に入ったところで、路地に折れたと思った山名屋とクマの男が、辰吉がその路地に走り込んだ時には、姿を消していたのである。

――ひょっとして尾《つ》けていたことを悟られたか……。

辰吉は用心深く耳を澄ませた。

なにしろこのあたりは、宅地と材木置き場が混在している。

池もあり樹木もあり、身を隠すところはいくらでもある。

反面静かなたたずまいである。

板塀に体を張りつけるようにして、じっとしていると、

――いた。

背中の方で声がした。それも山名屋の声に間違いなかった。

辰吉はあたりを見渡して、破れ塀からそっと中に入った。

中は荒れ地で、ところどころに材木が積んであったが、奥の方に小屋があって、その小屋に山名屋たちが入るところだった。

辰吉は、草地を這《は》うようにして、ゆっくりと小屋に近づいた。

「野郎、いつまで白状しないんだ！」

いきなり乱暴な声が聞こえて、どすんどすんという音がする。

誰かを殴っているのは間違いなかった。

「仏像はどこだと言っている」

誰かが怒鳴った。

――いた。清六さんはこの中にいる。

背の高い草の中で腹這いになったまま、辰吉は緊張していた。

「いいか。親分さんがおめえに聞くのはこれが最後だと言っている。親分さんの声ひとつで、おめえの命はどうにでもなるんだぜ」

するると、清六らしい男が叫んだ。

「俺は何も拾ってねえ、知らねえ」

「見てたんだぜ、福松って野郎がな……仏像は福松が投げ捨てた物だったんだから……その福松もとっくにあの世に行ってるぜ……そうよ、俺たちが殺したんだ」

「殺したければ殺せ。俺は知らん」

清六はまた叫んだ。

すると、また殴る音が聞こえたが、

「待て、もういい」

山名屋の声だった。

「おい、日の暮れるまで待ってやろうじゃねえか。それまでに吐けばよし、吐かねば生きたまま簀《す》巻《ま》きにして川に投げ込め」

山名屋の、静かだが冷たい声がして、小屋の中はしいんとなった。

八

雲間に月がかかっている。満月のようなわけにはいかないが、目が慣れれば人も物もよく見えた。

「そろそろですね」

秀太が声を殺して言った。

平七郎と秀太は辰吉の知らせを受けて、日暮れ前から破れ塀を見張っていた。

暮六ツの鐘（午後六時ごろ）を合図に中に飛び込むことになっている。

それはこの破れ塀の中だけではなくて、小舟町の山名屋の店も、佐賀町の蔵も、いずれも同時にという力蔵との約束だった。

力蔵との連絡をつとめたのも、むろん辰吉である。

二人が頃合をみて破れ塀に走り寄った時、暮六ツの鐘が鳴り始めた。

「いくぞ」

平七郎の合図で二人は中に入ると、鐘の音にまぎれてするすると小屋に近づいた。

そっと覗くと、男二人が猿轡《さるぐつわ》を噛まされ、後ろ手に縛《しば》られた清六を、筵《むしろ》の上に転がして、これから包もうというところだった。

見張りが一人、腕を組んでいるのは浪人だった。

平七郎が秀太に頷いた。

秀太は板戸を思い切り蹴り破った。

「誰だ！」

浪人が振り返った。

先に飛び込んだのは平七郎だった。

刀を抜こうとした浪人の懐に飛び込んだ平七郎は、半ば刀を抜いた浪人の右腕をぐいとつかんで、その刀を力ずくで鞘《さや》に押し込むと、もう一方の手で水月《すいげつ》に拳を打ち込んだ。

どたり……薄闇の中に浪人は腰から落ちた。

秀太は清六を庇って刀を抜いて、匕首《あいくち》を構えた男二人と対峙《たいじ》していた。

「秀太、後は俺にまかせろ」

平七郎が叫んだ時、猫のように背を丸めて一人の男が襲いかかってきた。

平七郎は木槌でこれを受けると、突き返した。

「あっ……」

その男は均衡を失って尻餅をついた。

「神妙にしろ」

その男の首に、秀太の白刃がすっと伸びた。

——なかなかやるじゃないか。

と思った時、もう一人の男、目のまわりにクマのある男が、

「ウオー！」

叫びながら熊が爪を獲物に下ろすように匕首で襲ってきた。

平七郎は、ひょいと横に飛んだ。だがその足が丸太のような物に躓《つまず》いて、

——しまった。

横倒しに転んだ。

「ウオー」

クマはその上に襲いかかる。

「平さん！」

秀太が絶叫した。

平七郎はかろうじて、あお向けのままクマの両腕をつかんでいた。

満身の力を込めるが、馬鹿力はクマの方がある。

そのクマが、匕首を持った手を、平七郎の腕から力ずくで離した。

そのままその腕を振り上げた時、

「ぐっ」

クマはどたりと転がって、苦しげな声を上げた。

平七郎は立ち上がって手をはたいた。

平七郎は咄嗟《とっさ》に、クマの股間を足蹴りしていたのである。

「馬鹿め、神妙にしろ」

秀太は順番に縛り上げて行く。

「おい、しっかりしろ」

平七郎は、筵の上で呆然《ぼうぜん》と座っている清六に声をかけた。


「なにもかもお話しします」

清六はきちんと膝をそろえると、震える声で言い、平七郎を見た。

だがその目をすぐに畳に落として、茫漠《ぼうばく》とした荒野を見るような目をしたのである。

清六には余程の事情があるのだと平七郎は思っていた。

痛々しい目で清六を見守りながら、清六が口を開くのをじっと待つ。

その耳に、階下の賑わいが別世界のように聞こえて来た。

そう……ここは永代《えいたい》橋袂にあるおふくの店である。

平七郎たちは材木町の小屋から悪人三人を縛り上げて番屋に届けると、体の弱った清六を両脇から抱えて、このおふくの店に来た。

おふくが粥《かゆ》をつくって清六に食べさせてくれ、少し元気になったところで、清六はようやく口を開いたのである。

「お前はおひろという女のために金が欲しかったのだな」

言いあぐねている清六に代わって、平七郎が口火を切った。

「へい」

「同じ村の育ちらしいな」

「へい……ですが旦那、ただの仲じゃあなかったんでございますよ」

清六は、苦しげに言った。

「何……」

「私とおひろは三つ違いでございましたが、二世《にせ》を誓った者同士でございました……」

「お前が、おひろと……」

平七郎は、裾継でおひろが仲間に言っていた話をちらと思い出していた。

田舎に帰りたい。帰れば私を待っていてくれる人がいるのだと……。

それはおひろにとっても、女郎たちにとっても、ひとつの淡《あわ》い夢のような話だったに違いないのだ。

だが目の前の男は、おひろと実際に二世を誓っていたのだという。

「ふむ」

清六がおひろのために金を作ろうとしていたことは察していたが、それは単なる同じ村の出身として、見るに見兼ねて……平七郎はそんな風に解釈していた。

それが違うというのかと、改めて見た平七郎に、清六は話を続けた。

「私が二十一歳、そしておひろが十八歳の時でした。夏祭りの晩に、私は神社に来ていたおひろの袖をひっぱって、川べりまで走りました……」

そこには幅が十間余りの川が流れていて、土手には草が一面に生《む》し、月の光が静かにあたりを照らしていた。

清六は、川と土手を見渡せる姿見橋《すがたみ》におひろを誘った。

姿見橋は、欄干もない板の橋の上に土を固めた土橋である。

清六はおひろを促して、その橋の上に腰を掛けた。

下に垂《た》らした足が、流れる水の冷気で涼しかった。

「あっ、ほたる……」

おひろが、しめった声で言った。

ほたるが、無数に川の両端からわいてきて、縦横に跳び、舞い、そしてまた一方に流れるように飛んで行く。

まるで幽玄の世界である。

しばらく二人は黙ってそれを眺めていたが、清六はおもいきって自分の膝の側に見えたおひろの手を、上から押さえるように握った。

おひろの手は、しっとりとして柔らかかった。

その感触だけで、清六の胸はとろけるような感じがした。

清六は、震える声で言った。

「おひろちゃん、一緒に村を出ないか」

おひろは、身を硬くして黙っていた。その様子は、握っているおひろの手を通して伝わってくる。

心の臓が飛び出しそうだった。だが清六は、それまでにおひろが自分を好いてくれていると知っていたから、

「俺は次男だから、村にいたって嫁は貰えねえ。おひろちゃんに言ってなかったけど、奉公に出ることにしたんだ。口減らしだ。だけど俺は喜んでる。奉公して、一人前になっ

て、おひろちゃんと小さな店を持ちたい。そう考えてるんだ」

「清六さん……」

その時、おひろが初めて小さな声を出した。

「私も行きます」

おひろは言った。

「本当か」

おひろの顔を見た。

おひろは、しっかり頷いた。

「でも、もうこのほたるは、見ることができないのね」

「夫婦になって帰って来る。みんなに報告に帰って来るんだ。俺たちはこんなに幸せだってな」

「そして、またこの橋の上でほたるを見る?」

「ああ、きっとな」

二人が二世を誓ったのはこの時、姿見橋の上だったのである。

そこには数年後の幸せな二人がいると、清六もおひろも疑うことはなかったのであった。

「旦那……」

清六はそこまで話すと、平七郎に呼びかけた。

「そうまでして誓った二人だったのに……歳月も、人の心も変わるものでございますねえ……いや、変わってしまったのは、おひろでなくあっしの方なんですが……」

清六は呟くように言った。

まもなく清六は、紙屋の美濃屋の奉公人となった。

そしておひろは、清六が奉公する通旅籠町近くの大伝馬町《おおてんま》の裏店《うらだな》を借りて、お針子の仕事をした。

たまの休みの折には、清六は飛んで行っておひろと会った。

すぐに二人は深い間柄になったが、子はつくらなかった。

清六が一人前になったらという約束だったのである。

清六は主に可愛がられて、やがて手代となった。

番頭になったら主に願い出て所帯を持とう、それもまもなくだと二人で金もため出した頃、主が急に重い病にかかったのである。

そして、婿入りの話をもらった。

青天の霹靂《へきれき》、一番びっくりしたのは、清六だった。

そして清六は、おひろを捨てて、おうらの夫になったのである。

「旦那……」

また、清六が苦しげな声を、平七郎にかけてきた。

「おひろに別れ話を持ちかけた時、おひろは気が狂うのじゃないかと思うほど泣きました。あの声を、いまだに、いえ、ずっと忘れられなかったのでございます。おうらとうまくいかなかったのは、罰が当たったたんです。そう思っています」

「……」

「私が美濃屋で、柔らかい布団に寝て、馳走《ちそう》を食べている時に、おひろは……おひろは悪い男と一緒になって、女郎になった。あげくに人殺し……おひろをそんな道に走らせてしまったのは、この私なんです」

「……」

「旦那……島流しされなきゃならないのは私なんです。それもできないのなら、せめて島で安穏と暮らせるように、おひろに金品も食料も、持たせてやりたい、送ってやりたいのでございます」

「清六……おひろが裾継で仲間に言っていた話を知っているか」

清六は、首を横に振った。

「教えてやろう。おひろはこう言っていたらしい……早くここを抜け出したい。田舎に帰れば私をずっと待っていてくれる人がいるんだって……おひろは、夢を追わなけりゃあ生きていけなくなっていたんだ」

「おひろ……」

清六はむせるような声で叫んだ。

雨は、乾いた大地を湿らせると、ぴたりと止んだ。

平七郎と秀太はおふくの店で雨宿りをしていたが、雨の止んだのを確かめると、腰掛けから立ち上がった。

おふくの店の裏手にある船番所に向かうためである。

「平さん、清六は来ないつもりなんですかね。それとも体の具合がよくないのでしょうか」

秀太が心配そうな顔をした。

清六を材木町から助けだし、事件が解決してから二十日ほどが過ぎている。

今日は春の交易船が江戸を出発する日であった。

この交易船とは、伊豆《いず》七島と御府内との交易をする船のことで、春、夏、秋と年に三回往復することになっているが、この船が遠島者を運ぶ『遠島者御用船』の役目も担っているのである。

ただし天候の加減で期日の特定もむつかしく、また年三回というのも、海が時化《しけ》ればどうなるかわからない。

江戸にやって来ると鉄砲洲で錨《いかり》を下ろし、島の荷物を下ろし、今度は運んで行く荷物を積み、潮の流れを見た上で、囚人たちを乗せる日を決めるのである。

囚人たちには前日に申し渡され、家族や親類などからの『見届物』と呼ばれる島に持っていく差し入れを渡される。

差し入れには際限があった。交易船には島の一般の人たちが暮らすための品が積み込んであるから、当然といえば当然のこと、流人一人が持っていける金品の量は決まっている。

玄米は二十俵まで、麦は五俵まで、銭は二貫文まで、これは小判で二十両のことである。そして薬や日用品も少々ならば許されるが、刃物や書籍や火の道具などは許されない。

ただ、これほどの差し入れを持っていける流人は珍しい。

貧しい者や身寄りのない者たちには、身分の低い者には金二分、武士などには二両、そしてお椀《わん》と箸が官費から渡された。

平七郎が牢を訪ねて、おひろから聞いた話では、今は兄が継いでいる落合の実家には、自分の罪については知らせていなかった。

清六と別れて、やくざ者の女になった時から、実家とは絶縁状態だったようである。見届物などある筈もない人間だった。

平七郎が、清六の代わりに会いに来たのだと告げても、おひろは表情を変えなかった。能面のような固い表情で、ちらと黒目だけ動かして平七郎を見た。

おひろは言った。

「島に渡って暮らせなければそれまでのことです。島の海鳥の餌になっても仕方がないと思っています。自分のそれが末路だと覚悟しています」

「清六は悔《く》いていたぞ」

平七郎はそう告げると、清六から頼まれていた見届物の玄米二十俵と小判二十両を差し入れしたことを告げた。

「命を張ってつくった金だ」

平七郎がそう言った時、おひろの表情が初めて歪《ゆが》んだ。

やはりおひろは心の中では、まだ清六を忘れられないでいたのである。

清六は仏像を花菱に返してやったが、花菱の主は逆に、清六の抱えている願いをかなえてやりたいと言い、五十両を清六に謝礼としてくれたのであった。

それが、米俵二十俵と金の二十両だったのである。

清六は言った。

「見届物で詫《わ》び切れるものではない。せめて出立の時に会えないでしょうか。会ってひとこと、謝りたい」

平七郎は、船番所の役人と島の役人に話を通して、今日出立の折、そっと船番所の前で会えるように頼んであった。

それなのに、待ち合わせていたおふくの店に、清六は現れなかったのである。

「ともかく、番所に顔を出さねば」

平七郎が秀太と表に出ると、

「平さん……」

永代橋の上に、雨に打たれながら佇んでいたらしい清六の姿があった。

「清六さん」

秀太が呼ぶと、清六はすぐに橋を下りてきた。

「来ないのかと思ったぞ」

秀太が言った。

「すみません。船もおひろも、目の奥に留めるように見ておりました」

「時間がない。行くぞ」

平七郎は清六を急かして、船番所に赴《おもむ》いた。

沖には遠島者御用船の交易船が浮かんでいた。

囚人をその船まで運ぶはしけ舟も桟橋に繋《つな》がれている。

ぼうー……。

交易船からまもなく出発するという合図のホラ貝が鳴り響いた。

それを待っていたように、船番所から手を縛られた囚人が出て来た。正確には、手を縛った縄を首にまきつけてある。

手を縛っただけでは逃げられると思ってか、いずれにしても江戸との最後の別れであった。

おひろは、一番うしろから出て来た。

声をかけやすいように配慮してくれたようである。

船番所の役人が片目をつぶって平七郎に合図した。

「清六」

平七郎が促すと、清六は桟橋を渡ろうとしていたおひろを呼び止めた。

「おひろ」

おひろは、はっとして立ち止まった。

だが振り向かなかった。振り向かなかったが、足は止めたままだった。

清六はその背に言った。

「待っている。おひろ、あの、姿見の橋で待っている……」

おひろがくるりと振り向いて清六を見た。

「好きだったのに……ずっと好きだったのに……」

「おひろ……」

「でも、やっと私のもとに帰ってきてくれたのね。嬉《うれ》しい……」

おひろはそう言い残すと、はしけに乗った。

清六は、突然悲しみに耐えられないように、走り去った。

「清六さん」

秀太が後を追う。

「平七郎様……」

おこうが来ていたのだ。ゆっくりと近づいてきた。

「おひろさん、清六さんのところに帰ってくることができるでしょうか」

「流人の中では罪は軽い。流される先も大島だ。あそこは暮らしやすい。それにな、これは内々に言われていることだが、ご赦免《しやめん》の対象になるには町人なら五年と言われている」

「五年ですか……」

「おひろならご赦免になれるだろう」

平七郎は、沖を出ていく船を見送りながら言った。

心配なのは清六の体だった。

無理やり医者に診《み》せたが、やはり腹にでき物があったようだ。

ただ、それが直接命取りになるものなのかどうなのか、しばらく様子をみなければわからないらしい。

後は祈るしかない体であった。

「平七郎様……」

「んっ」

呼ばれて見返すと、おこうは沖を出ていく交易船を見送りながら、

「姿見橋の上から見るほたるって、どのような景色なのでしょうね」

思い出したように言った。

「うむ、そうだな」

「なんとなく、目に浮かびます」

「うむ……」

二人の脳裏には、姿見橋の左右の土手から、ひとつ……またひとつと、美しい光を発して舞い上がるほたるの姿が、いまここで見ているように浮かんでいた。

第二話　焼き蛤《はまぐり》

一

「名前？……うちの？」

老婆は橋の高欄《こうらん》によりかかると、顔を回して川上をじっと眺《なが》めた。頰にこぼれ落ちた幾筋もの白髪が、川風に所在なげに揺れている。白い横顔には、途方にくれた不安なものが垣間《かいま》見える。

一見するところ着物の裾《すそ》回りにも泥がついていていてみすぼらしい。だが、その着物の織りや染めには手を尽くしていて、老婆は恵まれた暮らしをしていたのがわかる。

「おばあさんの、家はどこだね」

秀太が大きな声で聞くと、

「家どすか……」

老婆はまた辺りを見渡して考えるが、答えは出ないようだった。

「息子さんの名前は……息子さんは何をしているのだ」

「さあ……」

老婆は、またもや曖昧《あいまい》な笑みを送って来るだけである。

「自分の名前も、家の所も、息子さんの名前もわからぬのだな」

今度は平七郎が聞いた。

あんまり大きな声を出したので、橋を往来していた人たちがじろじろ見て通り過ぎて行く。

二人が老婆に問い質《ただ》しているのは、汐留《しおどめ》橋の上である。

両国橋や日本橋には及ばないけれど、橋の北側には木挽町《こびき》が続いていて芝居や遊興の場所も多くあり、陽の明るいうちは結構な人通りである。

頃は七ツ半（午後五時）、人々の足は家路に向かっている。

足を止めて見る者はいなかったが、それでも二人の同心が老婆相手に大きな声で質している様《さま》は、人の気をひいた。

汐留橋は木挽町から西に渡した汐留川に架かる橋で、長さは六間（約十・八メートル）、幅は四間（約七・二メートル）ほどの橋である。

そもそも平七郎たちがここに来たのは、先日この橋の上で荷車を引いていた牛が突然走り出して欄干の一部を壊したという連絡を受けたために、修理の程度を検分しにやって来たのである。

橋は木挽町から一間ほどの所で南側欄干が砕《くだ》けていた。

入念に調べようと橋床にしゃがんだところに、ふらふらと老婆が西袂からやって来たのである。

そして、橋を点検している平七郎たちの後ろをとことこ渡ったかと思ったら、また橋の上に上がってきた。

行ったり来たり、何度も橋を往復する。

平七郎たちはそれで声をかけた。

「この川は鴨《かも》川と違いますやろか」

老婆は真顔で聞いてきた。

「鴨川……」

秀太が驚いた顔をして、平七郎の耳元に囁《ささや》いた。

「平さん、鴨川といえば京の川ですよ……惚《ほ》けてるんじゃないでしょうね」

と、その最後の言葉が老婆に聞こえた。

「うちは惚けてなどおりまへん」

きっとして睨《にら》んで来た。

「おばあさん、この川は汐留川、そしてこの橋は汐留橋、ここはお江戸、御府内ですぞ」

秀太は言った。少々声を荒らげて言ったことで、老婆の顔がさらに険悪になった。

老婆はぷんとそっぽを向くと、またふらふらと木挽町の方に下りて行く。

「待ちなさい」

平七郎が追っかけた。

腕をつかまえたが、物凄《ものすご》い力で振り払われた。

「かまわんといておくれやす！」

「しかし、これからどうするのだ……どこに行くのだ」

もう一度腕を取った。

「離せ……人殺し！」

老婆が叫んだ。

「どうしました……」

橋の袂の店先から女が走って来た。

女は汐留橋の袂で小さな煮売り屋の店を開いている、おぬいという女である。

おぬいは、煮売りの他に店の表で新鮮で大きな蛤《はまぐり》を焼いている。

この蛤、平七郎たちも食したことがあるが、絶品だった。

店の名が『千鳥《ちどり》』であることから、千鳥の蛤と呼ばれていて、たいへんな人気であった。

おぬいは色白の首の長い女である。朱色の襷《たすき》をして蛤を焼いている姿には熟した女の色気があった。

そのおぬいに平七郎が目配《くば》せし、この老婆は何もかも忘れたようだと小声で話している

その隙《すき》に、老婆はもう焼き蛤の屋台に歩み寄っていた。

「あっ」

叫ぶまもなく、老婆は側にあった箸《はし》でつっついて、頃合に焼けた蛤を口に頬《ほお》ばった。

「おいしおすなあ……」

嬉《うれ》しそうな顔で食べる。

「婆さん、お金、持ってるのか」

平七郎が窘《たしな》めるように言った時、

「いいんですよ、立花様、なんでしたら、お身内の方が見つかるまでお預かりします」

とおぬいは言う。

「しかし、往生するぞ」

「ご覧の通り、店には通いで来ているおつたさんの他には、娘のおつるがいるだけです。番屋で預かるといっても大変でしょうから、どうぞ」

「いいのか」

「はい。この橋の袂で私も商いをさせて頂いています。これも何かのご縁でございます」

おぬいは言い、老婆に近づくと、

「お腹が空《す》いているんでございましょ。中にお入り下さいませ」

老婆の肩を優しく抱くようにして、店の中に入った。


「おぬい……はて……」

定橋掛与力、大村虎之助《おおむらとらのすけ》は顎《あご》を撫《な》でながら、平七郎と秀太の顔を見た。

汐留橋の修理について報告に出向いた二人が、ことのついでに迷い老人のことを話すと、虎之助はおぬいと言う名に、ふと昔を思い出すような顔をしたのである。

「ご存じですか、おぬいを……」

平七郎は虎之助の顔を覗《のぞ》いた。

歳《とし》のせいか寒さの厳しい頃には、風邪《かぜ》をひいた、腰が痛いなどと言い、青い顔をしていた虎之助が、今日は顔色がいい。

虎之助は、定橋掛の与力と言っても、橋を見回ったことなどない筈《はず》である。虎之助は奉行所内の詰め所にいて、平七郎と秀太の報告を待っているだけの人である。

汐留橋の袂で蛤を売っている、おぬいという女がいるなどという事は知るよしもない。

「ふむ。そのおぬいだが、年の頃は三十半ば、色白の首の長い女ではないか」

虎之助は、泳がしていた目を平七郎に向けた。

「そうですが、なぜご存じなのですか。そうか……蛤でも求めに参られたのですか」

「いや、わしがおぬいという女を見たのは十年前のことだ」

「大村様……」

秀太が片目を瞑《つぶ》って、くっくっくっと意味ありげに笑った。

「馬鹿、お前が想像しているようなことではない」

虎之助は咳《せき》払いをすると、

「わしは当時非常掛で町廻りをしておった」

「えっ、大村様が？」

「いちいちお前は……驚くことはないだろう。わしとて若い時にはこんな所でじっとしてはいなかった。まっ、そんなことはいいが……見回りを済ませて数寄屋《すきや》町の番屋に立ち寄ったことがあった。その時わしと入れ違いに番屋を出て行った女がいてな。町家の娘にしては人の目をひくようないい女だった」

「それが、おぬいさんだったんですか」

秀太は、まだにやにやしている。

「そうだ。番屋に詰めていた町役人の話だと、数寄屋町にある経師屋《きょうじ》『巴屋《ともえ》』の娘で、さる旗本屋敷に奉公にあがっていたが、兄の不祥事で暇《ひま》を出されて帰ってきた。ところが父親も息子のことで病に倒れ、気の毒な娘なんだともっぱらの評判であった」

「不祥事というと、どういう？」

「喧嘩《けんか》のあげく人を殺《あや》めたのだと言っていたな。名は栄太郎《えいたろう》、わしもその後、気になって調べてみると、重追放になったと聞いた……ところがだ」

虎之助はいつになく、鋭い目つきで、平七郎と秀太を交互に見ながら話を継いだ。

「その栄太郎が近頃江戸に舞い戻っていると聞いた」

「……」

平七郎は秀太と顔を見合わせた。秀太ももはや真剣な顔をして聞いている。

「この間、植木市でばったり数寄屋町の町役人と会ったのだ。その時聞いたのだが、そんな兄が帰ってくればまたあの娘が迷惑するだろうとひとしきり話題になったものだ……まっ、わしも今は定橋掛だ。お役に関わることではないゆえ、それ以上のことは訊かなかったのだが……」

「しかし、経師屋の娘が蛤を売っているというのも……」

秀太は首をひねる。

「うむ。同じ名前はいくらでもいる。人違いかもしれぬが、わしの知っているおぬいというのは、そういう境遇の女だった」

「……」

「もしもそのおぬいとわかったその時には、おぬしたちも力になってやってはくれまいか」

虎之助は言った。

「承知しました。あの婆さんのこともあります。むろん橋の件でしばらく汐留には通います。気をつけて見てみます」

平七郎は言った。いつもは所在なげに時刻の過ぎるのを待っているような虎之助の、思いがけない一面を知り、改めて虎之助を見返していた。

二

「あら、お知らせしようと思っていたところでしたが、ご家族の方がお迎えにみえられまして」

おぬいは、せわしくなくうちわを使って屋台の火を煽《あお》りながら、平七郎に告げた。

秀太は、京橋《きょうばし》より南にある橋の修理を頼んでいる三十間堀《さんじっけんぼり》川沿いの材木商『横倉屋《よこくら》』に出向いていた。

一足早く汐留橋にやって来た平七郎をおぬいはつかまえて、あの老婆は家族が引き取りにやって来たのだと言ったのである。

「どこの誰だったのだ」

「それが、びっくり致しましたが、大伝馬町《おおてんま》の下りものばかりを扱う葉茶屋『嵯峨屋《さが》』さんのお姑《しゅうと》さまでした」

「ほう……随分《ずいぶん》と遠出をしたものだな」

「名はおはるさんとおっしゃるそうなんですが、ちょっと目を離した隙にいなくなって大騒ぎをしていたようです。なんでも、嵯峨屋さんは京からこちらにいらしたようで、おはるさんは娘の頃まで過ごした京での暮らしを思い出すようでございまして、近頃では、思い出の場所を探して徘徊《はいかい》するようになったのだとおっしゃっておりました」

「そうか……しかし、大事がなかったのはそなたのお陰だ」

「とんでもございません。ほんの少しの間でしたが、家族が増えたようでおつるも喜びまして」

「おつる坊が……」

平七郎は店の中の飯台に腰掛けて、絵を描いている愛らしい少女を見た。

おつるも平七郎を見た。

自分のことを言っているのに気づいたようで、目が合った瞬間、にこりと平七郎に笑顔を送って来た。

そこへ、竹刀《しない》を肩にかけ、胴着の包みを小脇に抱えた道場帰りの少年たちが、ぞろぞろとやって来た。

おつるは、ぱっと目を輝かせて表に飛び出して来た。

「いらっしゃいませ」

蛤の台を取り巻きにした少年たちに声をかける。

「やあ、おつるちゃんだったな」

少年の誰かが言うと、皆は小突き合って朗《ほが》らかに笑い合った。

おつるは八歳と聞いているが、少年たちは十三歳から十五歳くらいであろうか、愛らしいおつるに挨拶《あいさつ》されて嬉《うれ》しそうだった。

「蛤ですか。ちょうど頃合に焼けてますよ」

おぬいは、母親の顔になって少年たちに言う。

「おい、お前、幾《いく》ら持っている？」

少年たちはくるりと後ろを向くと、それぞれ財布を出して、幾つ食べられるか勘定しているようだった。

平七郎は、背中で相談している少年たちの数を数えた。五人だった。

「いいですよ、お金が足りなくったって……おばさんがおまけしますから」

おぬいが言うと、

「すみません」

一人の少年が、くるりとおぬいに向き返ると、悪びれもせず頭を下げた。

どっと笑いが起こる。しかしそうは言っても武家の子息、皆めいめいおぬいの掌《てのひら》に銭を並べて、これでお願いしますと、行儀作法はちゃんとしている。

「承知致しました」

おぬいが笑って答えると、

「はい、おっかさん」

側からおつるが、小さな皿と楊枝《ようじ》を一組一組取り上げて、おぬいに渡す。

おぬいはそれに、焼き上がった蛤をとり、少年たちに手渡すのである。

おぬいが母親のように接すれば、相手の少年たちもこれまたちょっぴり照れくさそうに、それでいて甘えもちらりと覗かせて接している様子が殊《こと》の外《ほか》好ましく見えた。

最後に手渡された少年は、特に涼しげな目をしていたが、皿を手渡してくれるおぬいの手が触れた時、

「あっ」

蛤が皿から滑り落ちた。

べっとりと袴《はかま》に蛤の汁がついた。

「大丈夫ですよ、じっとしていて下さいませ」

おぬいは、少年の前にしゃがみ込むと、素早く側にかけてあった濡《ぬ》れ布巾《ぶきん》で、袴の汚れを取った。

少年ははにかみと甘えのこもった目でおぬいを見詰めている。

「さあ、新しいのをお召し上がり下さいませ」

おぬいは、蛤を少年の皿に入れた。

「ありがとうございます」

少年はぺこりと頭を下げると、蛤にむしゃぶりついた。

――懐かしい光景だ……俺にもこのような時代があった。

平七郎はほほ笑んで眺めていたが、

「道場の帰りらしいが、どこの道場だ」

少年たちに聞いてみた。

突然同心に声をかけられ、少年たちは平七郎を見た。

口に蛤を入れようとして、上目遣いに平七郎を見た少年もいる。

一番年嵩《としかさ》の少年が言った。

「木挽町六丁目にある武田《たけだ》道場です」

「おお、中西《なかにし》流の流れを汲《く》む一刀《いっとう》流だな」

「はい」

「そうか、まっ、大いに励みなさい」

「ありがとうございます」

少年たちは行儀良く頭を下げた。

少年たちは蛤を食べ終わると、

「ごちそうさまでした」

快活に挨拶して、汐留橋を渡って帰って行った。

橋の向こう、愛宕下《あたごした》には大名屋敷が沢山あるし、幕臣の屋敷も多い。少年たちは、そのいずれかの屋敷から通って来ているのである。

「感心なんですよ。五日に一度ぐらいでしょうか。その橋を渡って熱心に道場に通っているようですが、帰りにはよくうちの蛤を食べて下さって……」

おぬいは、目を細めて少年たちの後ろ姿を見送っている。まるで自分の息子の姿を目で追うような、平七郎にはそんな感じがしたのであった。

そんな感情をたたえた眼だった。

「承知致しました。すると何ですな、修理は十日ほどかかるということでございますね」

塩問屋『桑名屋《くわなや》』郷右衛門《ごうえもん》は、秀太が拡げた工事の日程表を見て頷《うなず》いた。

その手元には柔らかい光が差し込んでいる。青葉の香りがした。庭に茂りを見せている木々の間を抜けてくる風が運んでくるのである。

豪商桑名屋の座敷は、それに相応《ふさわ》しい静かな午後を迎えていた。

桑名屋は汐留橋の芝側に下りた新町《しんまち》にあり、主の郷右衛門は汐留橋の管理を奉行所から託されていた。

秀太が材木商の横倉屋から帰ってきたところで、平七郎は連れ立って、この桑名屋にやって来たのであった。

汐留橋は、その名の通り、徳川家康《とくがわいえやす》が江戸に幕府を開いた時には潮がそこまで満ちていた場所にある。

後に埋め立てられて町が形成されて行ったのだが、当時はこの辺りに塩問屋が軒を連ねていたらしい。

桑名屋は当初から問屋をここで営《いとな》んでいて、今では御府内各地に土地を持つ大地主となっていた。

だが、郷右衛門という男は、今まで平七郎が見てきた限りでは、さすがというか商人の手本のような人物で、物腰は柔らかいし、実際人情のある男であった。

秀太がひとつひとつ説明をし終えると、

「お任せ下さいませ。番頭の柳七《りゅうしち》に言いつけておきますから、何かございましたら、なんなりとお申しつけ下さいませ」

日程表から顔をあげて、平七郎と秀太を見た。

「それはそうと桑名屋、橋向こうの千鳥の女将《おかみ》を知っているか」

平七郎は、茶を啜《すす》ってからおもむろに聞いた。

「おぬいさんの事でございますかな」

郷右衛門は、にこにこして言った。

「そうだ。なかなかの心延《ば》えの女将と見たが、おぬい母娘《おやこ》はいつからあの場所に住んでいるのだ」

平七郎が、徘徊老人を快く預かってくれた話をすると、

「さようでございましたか。おぬいさんとはそういうお人です。ですから私もあの場所を提供しているのです」

と言う。

「何、あの土地もお前の持ち物だったのか」

「はい。十年前には飲み屋がございました。何かのしくじりがあったのでございましょうな。私に店を買ってくれないかと言ってきましてね。それで手に入れた土地です」

「ふむ、すると、その後にあの千鳥が出来たのか」

「はい。店の中をすっかり改装致しまして、おぬいさんに貸したのですが、なかなかの評判で、私も喜んでおります。実を申しますと、おぬいさんの父親とは懇意《こんい》な仲でございました。おぬいさんのご亭主を世話したのも私です」

「ほう……すると何か、その亭主は亡くなって、それで煮売り屋になったのか」

「はい。おぬいさんはうちに出入りしていました大工の吉治《きちじ》さんと所帯を持ったのですが、仕事中に屋根から落ちて亡くなりました。おつる坊がよちよち歩きをし始めた頃でございました。おぬいさんは当時父親も亡くしておりましたので、私が親代わりを務めまして、あの場所で煮売り屋をやることになったのでございます」

「なるほどな……ところでその親父さんだが、何をしていたのだ」

「はい。昔から私の家に出入りしていた経師屋でございますが……」

郷右衛門は、平七郎の詮索にふと怪訝そうな表情を見せた。

「まさか、その経師屋は、数寄屋町にあった巴屋ではないだろうな」

「巴屋ですが、何か……」

「すると、伜《せがれ》が不祥事を起こして重追放になった」

「はい……」

郷右衛門の顔が、みるみる曇った。

平七郎が次に何を言い出すのかと、見詰めてきた目が聞いている。

「いや、おぬいの昔を小耳に挟んだのだ。それでお前に確かめたのだが、重追放になっている兄が舞い戻っているという噂《うわさ》があるらしいが、その事については聞いているか」

「いいえ、知りません。そうですか、そんな噂があるのでございますか……」

郷右衛門は大きな溜め息をつくと、日の陰《かげ》りの見えてきた庭に目を遣《や》った。木々が長い影を庭に落としている。桑名屋は呆然とその影を見詰めた。

「桑名屋」

平七郎は、郷右衛門の横顔に呼びかけた。

「おぬいの兄が起こした事件の詳細を知っているか」

「はい。兄は栄太郎と申しましたが、親の仕事を嫌いまして『市古屋《いちこ》』という口入れ屋で人足を集める仕事をしていたようです」

「ふむ。すると、普通の口入れ屋ではないな」

「さようです。幕府があちらこちらの普請《ふしん》や修繕を行う時には人手がいります。お金は大名家や御小普請組《こぶしんぐみ》から集めたにしても、もっこを担《かつ》いだり材木を運んだりする人手がいります。市古屋はそういう人たちばかりを世話する口入れ屋です。ところがそんな商いをする口入れ屋は他にもございます。特に『鶴喜屋《つるき》』とは以前から張り合っていたようですが、日光東照宮《にっこうとうしょうぐう》の修繕工事の折に、人足を奪い合って喧嘩になったんです。まっ、やくざな稼業ですのでそういう事もこれまでにもあったようなのですが、鶴喜屋の者が一人亡くなりまして、それで栄太郎が私がやりましたと御奉行所に出頭したらしいのです。事件のあらましはそういうところでございますが……」

「そうか、それで……世間に隠しようもない事件だったのだな。だからおぬいは、旗本屋敷から暇を出されたのか」

「気の毒な話です」

「事情はわかったが、桑名屋。万が一、その栄太郎が姿を現したと知った時には、俺たちに連絡をくれないか。いや、おぬいには老人のことで世話になった。借りをつくったような気持ちだ。前科者の兄が立ち戻って、泣かされるような目にはあわせたくない」

「立花様……」

郷右衛門は静かに頭を下げた。

「立花様にそのように言って頂けるとは……よろしくお願い致します。巴屋さんもさぞかし、草葉の陰で心配していると存じます」

じっと見詰めてきた目は、真剣だった。

郷右衛門も人知れず、おぬいを案じていたらしい。

「では、橋の方はよろしく頼むぞ」

平七郎は言い、それで座を立った。

外に出ると夕闇が足下まで忍び込んでいた。

汐留橋の上に上がると、屋台をしまっているおぬい母娘の姿が見えた。

郷右衛門の話を聞かなければ、格別の辛酸をなめたなど、思いもよらないといった平穏な親子の姿であった。

「芯の強い人ですね」

秀太が言った。秀太も同じことを考えていたらしかった。

二人は、足に纏《まつ》わる薄闇を払いながら、橋をゆっくりと下りて行った。

三

青嵐は、まるで野分《のわけ》のようだった。

御府内が、この突然の雨を伴った強風にさらされたのは、およそ終日、古い家の屋根が飛ばされた者もいて、平七郎と秀太は雨風が止《や》むと、さっそく市中の橋を見回った。

いずこの川や堀も水嵩《かさ》が増していたが、橋脚が流されたり、橋の板が吹き飛ばされたりというような事故はなかった。

平七郎はともかくも秀太は入念に点検し、こまめに修繕をしてきている。その甲斐《かい》あって、橋は何事もなく助かった。

だが、汐留橋だけは要注意だった。

まだ完全に仕上がってはいなかったからである。

平七郎はまず汐留橋に走った。

すでに雨風は過ぎており、橋の上には俄《にわか》に繰り出した人の流れがあった。

急いで駆け上がると、九分通り出来上がった欄干は、大工が縄で固定してくれていたらしく、無事だった。

ほっとして桑名屋に立ち寄ろうとして橋を下りていると、後ろから激しく踏む下駄の足音が近づいて来た。

振り返ると、

「立花様」

おぬいが青い顔をして走ってくる。朱色の襷をかけたままだった。

「どうしたのだ、何かあったのか」

「立花様、おつるがいなくなったのです」

「何……いつのことだ」

「半刻ほど前です。近ごろ野良犬が時々来ていたんです。まだ子犬で、おつるは餌《えさ》をあげていました。ところが今日は餌をやろうとしたのに見向きもせずに橋を渡って行ったんです。それでおつるは子犬を追っかけて行ったんですが、帰ってきません」

「よし、俺も探そう」

二人は、橋を渡りきると二手に分かれた。

平七郎は、汐留川沿いを西に向かった。

新町を過ぎた辺りで、男の子が犬を追っかけて遊んでいたが、おつるが追っかけて行っった子犬とは違うようだった。

芝口《しばぐち》一丁目の角の笠屋で、店の前の張台に笠を並べている手代に、女の子を見かけなかったか聞いてみた。

この道は東海道筋になっているため、旅人の姿も多い。

「歳は八歳だ。子犬を追っかけていたはずなんだが……」

平七郎が聞いた。

「さあ……どんな着物を着ていたかわかりますか」

手代に聞かれて、平七郎はハタと考えた。

「そういえば、着物の柄は覚えていないが、黄色い帯を締《し》めていたな」

「……」

手代はちょっと考えた後、

「女の子が通ったという記憶はございませんが、大通りを渡った二番町に稲荷《いなり》があります。そこの境内《けいだい》で野良犬の子を見かけたことがありますが、ひょっとしてそちらにいるのかも知れません」

と言う。

「いや、邪魔をした」

台に置かれた笠の束に、旅人が歩みよって来た所で、平七郎はそこを離れた。

なるほど大通りを過ぎてまもなく、小さな稲荷の鳥居が見えている。境内に植えてある青葉が先日来の雨で鮮やかだった。

鳥居をくぐった所で、少年たちの争う声が聞こえて来た。

「貴様、その娘とはどういう関係だ。その娘の母親は、誰かさんの妾《めかけ》だという噂があるぞ。そんな女の娘を庇《かば》って、貴様も薄汚い野郎だな」

「おつるを侮辱するな。許さんぞ」

少年たちの声に抗《あらが》う別の、絶叫のような声がした。すると、

「お兄ちゃん……お兄ちゃん……」

おつるが泣いて叫んでいる。

平七郎は、稲荷堂の後ろに走った。

「やっちまえ」

怒声が聞こえて、地を踏む音と激しく刀の噛み合う音がした。

「きゃっ」

おつるの恐怖の声がする。

「待て待て」

平七郎が駆け込んだ時、抜刀した少年三人に囲まれた、子犬を抱えたおつると、おつるを庇って立つ少年が目に飛び込んできた。

おつるを庇って抜き身を構えていたのは、道場帰りにおぬいの焼いた蛤を求め、その蛤を落として袴を汚し、おぬいに拭いて貰っていた、あの目の涼しげな少年だった。

「喧嘩はならぬぞ。まして真剣を抜くとは言語道断《ごんごどうだん》」

平七郎は、少年たちの中に入って、おつるたちを庇うようにして立った。

同心が飛び込んで来たことで、少年三人の顔に戸惑いが見えた。

その少年たちは、おぬいの店に立ち寄って蛤を頬張っていたあの少年たちではなかった。

「これは俺たちの問題です。大人は引っ込んでいて下さい」

まだ前髪の身分のくせに、言うことは一人前である。

「そういう訳にはいかんな。俺は北町の立花という者だが、話を聞こうじゃないか。刀を抜かねばならぬような事とは何だ。言ってみなさい」

「野良犬を成敗しようとしただけだ」

「何」

「その犬は、俺たちの弁当を食おうとしたんだ。追い払おうとしたら嚙《か》みついた。これをみろ」

一人の少年が腕を捲《まく》った。

確かにひっかいたような跡があった。

「嘘です。チロがそんなことをする筈《はず》がありません。それなのに、そのお兄ちゃんたちは、チロを棒で殴って追っかけて……」

おつるが泣き出した。

「お前は知らないだけだ。こんな野良犬など世に害をなすだけだ」

悪ガキ三人が叫んだ。

見渡すと、近くの草の上に弁当の残骸が散らばっている。

「ははん、わかったぞ。おぬしたち、学問所に行くのをサボってここで遊んでいたのではないか」

「違う」

「遊んでいて、ここで弁当を使った。まさか学問所を休みましたと弁当を持っては帰れない。後ろめたいことをするからこそ、犬に狙われるのだ」

三人の少年が一瞬怯《ひる》んだ。

「立花様、立花様のおっしゃる通りです」

蛤を落とした少年が言った。

少年は胸がはだけて、大きく肩で息をしている。

「私は何度もここで、この人たちが弁当を使っているのを見ています」

「わかった、刀を引け。そして名を名乗れ。おぬしたちの親父殿にも会わねばならぬからな」

平七郎が脅した。三人組はちろちろと互いの顔を窺《うかが》っていたが、頷き合うと刀をむき出しにしたままで、突然踵《きびす》を返して去って行った。

「怪我《けが》はないか」

平七郎は振り返って目の涼しい少年の顔を見た。

「はい」

きりりとした顔で少年は頷いた。だが刀を納めた右腕の袖が切れていた。

「危ないところだったな」

「ありがとうございました」

「馬鹿なことをするものだ」

平七郎は、苦々しい顔で言った。

「……」

「いいか、子供たち同士の喧嘩で、今後一切刀を抜くでない」

「はい」

「肝《きも》に命じてだ」

「はい……私は久世又左衛門《くぜまたざえもん》が一子、市之進《いちのしん》、立花様のお言葉忘れません」

神妙に頭を下げた。

「おっかさん……」

おつるが小さく声を発した。

平七郎が振り返ると、そこに呆然《ぼうぜん》として市之進を見詰めるおぬいがいた。

「おぬい……」

ふと平七郎が呼びかけた時、

「おっかさん！」

おつるがおぬいの胸に飛び込んだ。

おぬいは、腰を落としておつるを抱き止めると、すぐに立ち上がって、

「立花様、ありがとうございました」

頭を下げた。

「礼をいうのなら、この久世市之進に言うのだな」

平七郎は市之進の肩を引き寄せて、その顔を見た。

すると、市之進も、じいっとおぬいを見ていたのである。

――はて……。

「久世市之進様……」

おぬいは、その名を噛みしめるように呟《つぶや》いて市之進を見た。

市之進の方も、惹き寄せられるようにおぬいを見つめている。

平七郎は、おぬいと、市之進の顔を改めて見た。

四

「散れ、見せ物じゃねえんだ」

木挽町四丁目の番屋の小者は、河岸《かし》に下りてこようとする野次馬を追っ払うのに必死である。

河岸では、平七郎と秀太が水死体の検分に当たっていた。

死体は、三十間堀川にある新《あたら》シ橋近くの木挽町寄りの水際に、小枝や板切れなどと一緒に浮いているのを、新シ橋を点検していた平七郎と秀太によって発見されたのであった。

平七郎はすぐに近くの番屋に秀太を走らせると、竹竿やら縄などを使って小者に死体を河岸に揚げさせた。

死体は、めくら縞《じま》の着物に三尺帯を締めた町人だった。

歳の頃は三十前後かと思われる。

頰《ほお》に古い刃傷がくっきりとあるところをみると、遊び人かやくざか、そんなところだろうと平七郎は見当をつけた。

木挽町界隈《かいわい》は芝居小屋があり、遊興の場を提供する船宿があり、飲み屋も多く、従って町方の目を盗んで、あちらこちらで賭場《とば》が開かれている筈だった。

遊び人ややくざの喧嘩は度々起こる。

「平さん、殺しですね」

秀太は、遺体の腹に残る刺し傷の跡を指した。

「うむ。水は呑《の》んではおらぬようだ。殺されて川に投げ込まれたのは深夜から今朝にかけてのことだろう」

——いずれにしても番屋に運び、定町廻りに託すしかあるまい。

平七郎が立ち上がった時、

「ごめんなさいよ。旦那、ちょいとその男の顔を拝ませて貰えませんか」

大きな袋をぶら下げた胡麻塩《ごましお》頭の初老の女が、ひょこひょこと近づいて来た。

「婆さん、駄目だって言ってるだろ」

小者が追っかけて来て女の着物の袖をつかんだが、

「お放しよ！……あたしにゃお吟《ぎん》て名があるんだ」

女は力任せに小者の手を振りほどくと、

「いいかい。あたしが知ってる人かも知れないじゃないか。協力してやろうって言ってるのに、なんだい」

小者に毒づいた。並の年寄りではない。

「お吟と言ったな。かまわん。見てくれ」

平七郎が死体を目で指すと、見ろ……というように、お吟は小者に侮蔑《ぶべつ》の視線をちらりと投げて、死体の側にしゃがみ込んだ。

「やっぱりそうだ……壺《つぼ》振りの常吉《つねきち》さんだ」

すぐに立ち上がって、平七郎に言った。

「壺振りの常吉だと……」

「はいな。あたしは人に烏婆《からすばばあ》と呼ばれて嫌われている女ですが、嘘じゃありませんよ。あたしも金を貸したり集金したりで、あちこちの賭場に出入りしてるんですからね」

「そうか、婆さんは烏金《からすがね》を貸しているのか……」

平七郎は、小さな顔に、ちまちまと申し訳程度に目鼻のついているお吟を見た。

烏婆とはいわゆる烏金を貸す金貸しのことで、明け方烏の鳴く頃に金を貸したら、夕刻烏がねぐらに帰る頃には集金するという、おそろしく高利の金を貸す婆さんのことである。

賭場と一口にいっても色々で、金賭、銀賭と言われる上等博奕《ばくち》と違って、銭賭奕の博打場には、お吟のような金貸しが出入りしている。

「お吟、常吉は何処《いずこ》の賭場の壺振りだったのだ」

「どこって決まってなかったね。あちこちに顔を出して小遣い稼ぎをしてたんだろ。だいたいがこの常吉さんは、市古屋の人間なんだからね」

「何……市古屋というと、口入れ屋の市古屋か」

「そうだよ。日本橋の芳町《よしちょう》にある口入れ屋さ」

平七郎は驚いて、秀太と顔を見合わせた。

口入れ屋市古屋といえば、おぬいの兄栄太郎がいた店である。

「お吟、常吉を恨んでいる者を知らぬか」

「旦那、常吉さんだけじゃありませんからね。ちょっとした恨みを買うのは、あたしだってしょっちゅうなんですから」

　お吟は苦笑した。

「確かにそうだな。いや、しかし身元を調べる手間が省《はぶ》けたというものだ」

「少しはいいこともしたいじゃないか。じゃあね」

　お吟は、袋をぶらぶらさせて帰って行った。

「どけ、どけどけ」

　お吟と入れ替わりに、朱色の房の十手を片手に、定町廻りの同心和泉精十郎《いずみせいじゅうろう》と工藤豊次郎《くどうとよじろう》が、それぞれ手下を従えて河岸に下りて来た。

「これは、誰かと思ったら立花か。俺たちが来たからには、下がってもらおうか」

　工藤が言った。

「いいじゃないか工藤さん。立花さんは、ついこの間まで一緒だったんだ。協力してくれるのなら、こちらも助かる」

　和泉精十郎が言った。精十郎は昔からそうだった。定町廻りの中では、一番人の良い人間だった。

「たてつくようだがな、役目はなんのために設けてあるのだ……そうだろ。立花はもう定町廻りなどではない。木槌《きづち》を手にした橋廻り様だ、そうだな立花」

工藤豊次郎は、冷笑を浮かべて言った。

「平さん」

秀太が気色《けしき》ばむ。

「止めろ」

平七郎は、秀太を制して、

「わかった。じゃあ俺たちはこれで……」

精十郎と豊次郎に道を開けた。

「行くぞ、秀太」

膨《ふく》れ面《つら》の秀太の腕を引っ張るようにして、二人は河岸を後にした。

「やってられないですよ、まったく……私たちは工藤さんの配下の者ではないんですから」

秀太はあれから怒っていた。

死人を発見した翌日に、豊次郎から、

「あの男は常吉という壺振りらしいが、十年前、口入れ屋同士の喧嘩があった時、栄太郎という重追放になった男と関わりがあった男だ。栄太郎は江戸に舞い戻っていると聞いているが、俺の考えでは常吉をやったのは栄太郎だ。お前たちは橋廻りで汐留橋も見廻るだろ。あの橋の袂には栄太郎の妹が店を開いている。橋の見廻りついでに女を見張ってくれ。むろん、何かあったら知らせてくれ」

まるで手下に命令するように言われて憤慨この上ない。

豊次郎に手を貸すかどうかは別として、平七郎は常吉の死の真相を探ろうと考えていた。

橋廻りを終えた夕刻、昔の事件を調べるために、読売屋『一文字屋』のおこうの家に立ち寄った。

するとそこに、

「平さん、大村様です」

秀太が上役の、あの大村虎之助を連れて一文字屋に現れたのだった。

平七郎もおこうもびっくりして見迎えた。

「いやいや、驚かしてすまぬ。平塚から子細を聞いてやって来た」

虎之助は言い、おこうに上がってもいいかと聞いた。

「どうぞ、与力の旦那がおみえになるなんてびっくりして、気がつかなくてすみません……辰吉」

おこうが辰吉に目配せすると、辰吉は長火鉢の前に虎之助のために敷き物を置いた。

「平さん、大村様は、今度の一件、増上慢《ぞうじょうまん》の定町廻りにお灸をすえてやろう、そう申されて」

虎之助が着座すると、秀太は嬉しそうな顔をして言った。

「端《はな》から工藤は、常吉を殺《や》ったのは栄太郎と言ったらしいな。随分と短絡的な結論だ」

「おっしゃる通りです」

平七郎は答えながら、あの昼行灯《あんどん》のような虎之助が、ここまで出向いて来て事件の事を口にするのが驚きだった。

なにしろ以前虎之助は、橋廻りは『みざる、きかざる、いわざる』などと平七郎に注意した人である。

しかも近ごろでは、あっちが痛い、こっちが痛いと医者通いをしている老人であった。

その老人が、若い妻に産ませた跡取り息子に与力の職を継がせるまではと、のらりくらりと日々是息災を決めこんでいるのだとばかり思っていたら、

――この変わりようは一体……。

平七郎は、狐《きつね》にでもつままれている思いである。

「前にも話したが、おぬいのこともある。今度だけは、わしも黙ってはおれぬよ。どうだ立花、堂々と常吉殺しを暴《あば》いて定町廻りに渡してやろうじゃないか。何、定橋掛の気骨をみせてやる良い機会じゃ」

白い眉毛の奥からじっと見た。

「大村様にそう言って頂ければ有り難い。私もそのつもりです。それでここに立ち寄ったのです。昔の事件がわからぬものかと……」

「ふむ。で、何かわかったか」

「大村様、これをご覧下さいませ。この帳面は父が生前事件を調べて書き付けていたものですが、これによれば、二つの口入れ屋の抗争で、鶴喜屋の竹次郎《たけじろう》という者が殺されておりますが、竹次郎を殺したのは栄太郎ではない、別の人間ではないかとあります」

おこうが、一冊の分厚い綴《つづ》りを虎之助の前に置いた。

「ふむ……」

虎之助は、懐《ふところ》から眼鏡を取り出して耳にかけ、上下に顔を動かしながら文字を拾った。

読み終わると、眼鏡を外して懐にしまった。

険しい目の色をしている。

虎之助は、黙って茶を啜った。先程、虎之助が帳面の文字を読んでいる間に、おこうが出したものである。

茶碗を置くと、平七郎の顔を見て言った。

「これによれば、栄太郎は、誰かの身代わりに自訴したに違いないとある。身代わりになるとすれば、市古屋の主勘左衛門《かんざえもん》しかないいな」

「おそらく……」

平七郎が頷いてみせる。

「すると……今度の常吉殺しは、どう説明する？……立花」

「はい。烏婆お吟に聞いた話では、常吉は市古屋の内情をよく知っていた者だということでした。常吉はつねづね、壺振りは楽しみでやっている。遊ぶ金は別から入るなどと言っていたようですから、市古屋の裏も知っていたのではないかと思っています。ただ、今、なぜ殺されなければならなかったのか、それはこれからの調べになりますが……」

「単純に栄太郎が江戸に戻って殺ったのではない……立花はそう思っているんだな」

「はい」

「よし。お前の父も凄腕だったが、お前も黒鷹と呼ばれた男だ。思い通りにやってみろ。定町廻りが何か言ってきたら、わしがのらりくらりと蹴散らしてやる」

虎之助は勇ましい事を言った。

「よろしいのでございますか」

「かまわん。このわしにも若い時があったのだぞ、立花」

虎之助はにやりと笑うと、後はよろしく頼むと言い、立ち上がった。

よろり……虎之助の足下が揺らいだ。

「秀太、役宅までお送りしろ」

「いらぬ。老骨とはいえ、まだ若い者には負けぬよ。なんなら一度立ち合うか……立花」

虎之助は軽口を叩《たた》いて、くつくつ笑った。

皆唖然《あぜん》として見送った。

五

汐留橋の修理が終わったのは、まもなくの事だった。

「やれやれですね」

秀太は、往来する人の流れを見て言った。

やがてその目が、橋袂のおぬいの店に留まった。

おぬいの店の蛤の屋台の前には、今日もあの道場帰りの少年たちが、集まっていた。目の涼しげなあの少年、久世市之進の姿も見える。

おぬいの店には、あの日よりチロという犬が加わった。赤い紐《ひも》でつながれて、しょっちゅうきゃんきゃん鳴いている。

だが、一見幸せそうなおぬい親子に、黒い影が忍び寄っているのは間違いなかった。

ここ数日、おぬいの店を見守っている辰吉から、ごろつき風の男が、一、二度、この橋の上から窺《うかが》っていたという報告を聞いている。

――いつか、必ずおぬいに接触する。そういう男に違いない。

平七郎たちは、おぬいに近づくのを止めた。

同心がうろうろしていては、ごろつきも近づけないだろうと思ったのだ。

「平さん、辰吉です」

秀太が言った。

辰吉は、おぬいの店の差し向かいで、一昨日から風車を売っている。

藁《わら》の束に風車を挿《さ》して、子供が通ると、

「まわるよ、まわるよ。はい、風車がまわるよ」

などと適当な売り声を上げる。

おつるには、一つ上げた。

おぬいもおつるも、まさか辰吉が平七郎の手先とは思っていない筈――。

平七郎と秀太は、辰吉がひょいと手を上げてきたのを潮に、芝の方に橋を下りた。

辰吉は、二人が向こうに渡るのを見届けると、再びおぬいの店に目を遣った。

この三日の間、おぬい親子に何の変化もない。

おぬいは、朝の五ツ（午前八時）には、もう店の中に煮売りを並べた。

辰吉は昼時には客の一人になって話を聞いているが、おぬいは、夜なべをして煮売りを作り並べているらしい。

早朝には、決まった魚屋が蛤を卸《おろ》しにやって来るから、いつ寝ているのかと思うほど、おぬいはよく働く。

それに愛想がいい。いや、突然店の真向かいに居座って風車を売る得体の知れない辰吉のような者にも親切だった。

――あんな人が、不幸な目に遭わされていい筈がない。

辰吉は三日の間に、すっかりおぬい親子に同情を寄せるようになっていた。

おぬいの家に異変が起きたのは、その夕刻だった。

汐留橋の上を渡る人の影もまばらになり、おぬいが店を閉め始めた時、何度か橋の上からおぬいの店を窺っていたあのごろつきが、橋を渡って下りて来ると、まっすぐおぬいの店に歩み寄った。

おぬいは、ふいを食らったような顔をして立ちすくんだ。

ひとことふたこと会話を交わすと、おぬいは大きな溜め息をつき、男を帰すと、店の中に入った。

辰吉は男を尾《つ》けようかと思ったが、おぬいの動きを待った。

長い間一文字屋の手代として、また、平七郎の手下として事件の調べに奔走してきた辰吉には、探索する時の勘があった。

いつどう出て行くか、何を優先して追っかけるか、張り込みをする場合はその勘が大事である。

——男は何かのっぴきならないことを告げに来たに違いない。そして、おぬいは男の申し出を呑んだ。

その重大なことを履行するために、おぬいはきっと動くと辰吉は踏んだのである。

案の定だった。

おぬいは、男を見送ってからいくらもたたないうちに、店から出てきた。

すでに夕闇は一帯を埋めている。

店の中には灯《ひ》がともっていて、おぬいが戸を開けると、軒下に家の中の灯が流れて来た。

「おっかさん……」

母親を見送りに出てきたおつるが、心細そうな声を上げた。

「すぐに帰ってきますからね。ちゃんと戸を閉めて待っていなさい」

おぬいはおつるに言い聞かすと、提灯《ちょうちん》も持たずに店を出た。

辰吉は、風車を挿した藁束を、橋の袂にある桜の木の枝に隠すように載せた。木はよく茂っていて、下から覗いても容易に藁束は見えない。

そうしておいて、おぬいを追った。

おぬいは、汐留橋を渡ると川沿いを西に向かって歩き、新シ橋に足をかけた。

北袂に下りると、そこから河岸に下りた。

河岸に積み上げている材木の側に立った。

――誰かを待っている。

辰吉も、慌《あわ》てて積み上げてある材木に走った。

月は弓張り月、追尾するには好都合の明かりである。

辰吉が積み上げた材木にへばりつくようにして待っていると、まもなく河岸に下りてきた男がいる。

先程おぬいの店にやって来た男だった。

「群次《ぐんじ》さん、本当に兄さんはこのお江戸にいるのですね」

おぬいが押し殺した声で言った。

「嘘などつくものか。だから助けてくれって言ってるんですぜ。先程も話しやしたが、頼りとする親分にけんもほろろにされちまってよ。長旅で金もねえ。まっ、そういうことだから」

「あの、これからどうするのでしょうか。兄さんに会わせて下さい」

「無理だな。兄貴は命を狙《ねら》われている」

「命を……」

「おうさ、だからあっしが代わりにおめえさんに頼みに来たんだ」

「……」

「心配しなさんな。用が済んだら、また江戸を出る」

「……」

「金は……幾ら持ってきた」

おぬいは、帯に挟んできた懐紙の包みを差し出した。

「三両ほどあります」

「三両か……」

男は金を確かめると、

「おぬいさんよ。江戸を出るにはこんな金じゃぁ心細い。わかるだろ」

「でも、私にはこれがせいいっぱいで……」

「だったら、誰かから借りて頂きやす。それなら出来るだろ」

「そんな……お金を借りられる人などおりません」

「冗談言うなって……栄太郎兄貴の話では、塩屋のじじいがおめえさんにぞっこんだって言うぜ」

「違います。あのお方は、おとっつぁんのような方です……兄さんもそんなことは知ってる筈なのに……」

おぬいは悲痛な声を上げた。

「まっ、そんなことはどうでもいい。要するに金がいるんだ。塩屋のじいさんが父親のようだというのならなおさら、頼んでみちゃくれませんか」

「群次さん……」

「兄貴を助けたいんだ。おぬいさんだってそうじゃねえのか……この世でたった二人の兄妹だ。お互い他に身内はいねえんだ」

「……」

「このままだと兄貴は殺される。それでもいいんですかい」

「……」

「あと、そうさなあ。少なくとも十両はほしい」

「十両……ですか」

「まっ、そういうことです。三日ほど待ちやしょう。三日目の夜、この時刻にまたここで……いいですね、おぬいさん。金がなければ兄貴は殺されるってこと、忘れないで下さいやし」

「……」

おぬいは、力なく頷くと、元来た道を帰って行った。

群次という男は、おぬいを冷ややかに見送ると、踵《きびす》を返した。

――逃がすものか……。

辰吉は険しい顔をして体を起こすと、群次の後を音もなく追った。

六

「立花様、おりいってのお話とは、いったい何のお話でございますかな」

塩問屋の桑名屋郷右衛門は、赤い顔をして平七郎が待っている座敷に現れた。

平七郎が桑名屋を訪ねた時、郷右衛門は仲買人と近くの小料理屋に出かけていた。

「ならば日を改める」

平七郎はそう言ったのだが、

「話は終わっております。使いをやりますのでお待ち下さい」

番頭はそう言うと、平七郎を客間に通したのであった。

郷右衛門は番頭のいう通り、四半刻ほどで帰って来た。

「少々お酒が入っておりますが、何、ご心配には及びません。なんなりと申して下さいませ」

にこやかな顔をして座った。

「いや、橋の話ではない。おぬいの事について少々聞きたいことがあるのだが……」

「おぬいさんのこと……はて」

郷右衛門は、怪訝《けげん》な視線を送って来た。

「兄の栄太郎が重追放となり、それでおぬいが奉公先から帰されてきたのだと言ったな」

「はい」

「おぬいが奉公していたのは、ひょっとして旗本久世又左衛門殿の屋敷ではないかと思ったのだ」

「立花様、いったい、その話をどこでお聞きになりましたか」

郷右衛門の顔色が変わった。

「やはりそうか。久世殿の屋敷に奉公にな」

「……」

「実はな郷右衛門……」

平七郎は、五日に一度、おぬいの蛤を食べに立ち寄る道場帰りの少年たちがいて、その中に、目の涼しげな市之進という名の少年がいることを告げた。

そして、その少年がおつるを庇って悪ガキたちと剣を抜き合ったこと、またおつるを探しに神社の境内にやってきたおぬいが、その少年の名が久世市之進と聞き、表情が尋常ではなかったことなどを郷右衛門に告げた。

それまでにも平七郎は、おぬいに接する時の市之進のぎこちない態度が、どことなく他人に対する単純な遠慮とは違った固さがあるように感じていた。それも郷右衛門に告げた。

郷右衛門は、じっと耳を傾けていたが、

「申し上げましょう。他ならぬ立花様のお尋ねです」

郷右衛門は膝を直すと、

「今から十五年も前のことでございます……」

郷右衛門はおぬいの父親から、おぬいをしかるべきお屋敷に奉公させ、女の嗜《たしな》みを身につけさせたいのだと相談を受けた。

豪商桑名屋なら、その道に明るいのではないかと、おぬいの父親は考えたらしかった。

郷右衛門は、二つ返事でその役目を買って出た。

なにしろおぬいは、郷右衛門の目から見ても、一介の経師屋の娘として終わらせるには勿体《もったい》ないほど美しい娘に育っていたのである。

当時すでにおぬいの母親は亡くなっていて、おぬいの父親は娘を嫁入りまでにどうやって躾《しつ》けてよいものか迷いと不安があったらしい。

しかもおぬいは利発だった。

兄の栄太郎が幼い頃より、なにひとつ満足に修得できないのに、おぬいは寺子屋での成績も群を抜いていたし、店の帳簿をつけさせても、そつがなかった。

色は白く、首は細く、目鼻立ちは愛らしい。

郷右衛門はさっそく、出入りしていた五百石取りの旗本、久世又左衛門の屋敷に打診した。

久世家では先年新妻を迎えたばかりで、奥方付きの女中を探していたところであった。

歳も十七……奥方と幾つも違わないところが気に入られて、おぬいは即刻屋敷奉公を許された。

ところが一年経っても二年経っても、奥方に子が生まれない。

とかくの噂が屋敷内に流れ始めた時、おぬいに御手がついた。

いや、郷右衛門が知った時には、すでに身ごもっていたのである。

おぬいの父親は、たいへんな衝撃を受けた。奉公になどやらねば良かったなどと嘆《なげ》いたが、このまま奥方に子が生まれなければ、男の子ならなおさら、女の子でも久世家を背負う人となる。

そんな話をして、郷右衛門はものは考えようだと父親を説得した。

おぬいは男の子を出産した。

奥方の世話をする女中から、側室の座に座ったのである。

ところが、子が生まれて一年も経たぬうちに、家を飛び出していた栄太郎が重追放となった。

科人《とが》の妹を当家の側室に置くことは出来ぬ――。

そんな書き付けと一緒に、おぬいは久世家から追い出されたのであった。

「哀れな話です……」

郷右衛門はそこまで話すと、わがことのように悲しげな顔をした。

「郷右衛門、その、おぬいの産んだお子が、あの市之進……」

「さようでございます」

平七郎は、唖然として郷右衛門の顔を見た。

郷右衛門は、また話を続けた。

「おぬいさんはお屋敷から引導を渡されておりました。今後いっさい、市之進に近づかないこと、むろん母だと名乗らぬこと、それを守って貰わねば、市之進を久世家の継嗣には出来ぬと、市之進の幸せを考えるなら、約束は死後の世界まで持って行くこと……」

「……」

「非情な話ではございましたが、栄太郎が重追放で済んだだけでもおぬいさんの家は助かったといえます。おぬいさんは納得するしかなかったのです」

「そうか……では、その後に大工と所帯を持ったのだな」

「はい。おぬいさんは不承不承でございましたが、人の一生は長い、不幸せのままで終わるのもいかにも不憫《ふびん》でございましたので、私が強く勧めたのでございます。しかし、その亭主にも死なれてしまって、おぬいさんの手にあるのは、あのおつる坊一人……」

「そうか……そうであったか」

「この先、市之進様が久世家を継がれたその時には、市之進様の一存で名乗り合える日もあるかと存じますが、又左衛門様も奥方様もご健在のうちは、そんな話にはなりますまい。私はそう思っているのですが……」

郷右衛門はそう言うと、太い溜め息をつき、

「かわいそうではございますが、名乗り合わないほうが久世家のため……」

「うむ」

平七郎も頷いた。

謎は解けたが、郷右衛門の言う通りだと思った。武家には武家の法がある。町家のようにはいかぬ。

平七郎は、重たい気分のまま桑名屋を辞した。

平七郎は桑名屋で渡された提灯を手に、夜の闇に出た。

汐留橋に人は一人もいなかった。

ゆっくりと橋を渡った。

中程まで渡った時、平七郎は足を止めておぬいの店、千鳥を見た。

板戸が閉められて、ひっそりとしている。

息を潜《ひそ》めているように思えた。

「ふむ……」

人はわからぬものだ。明るくて屈託のないように見えるおぬいに、深い悲しみがあったとは……。

平七郎が再び足を踏み出した時、千鳥の表に立った者がいる。

平七郎はまた立ち止まった。

その者は、憚《はばか》るように戸を叩いている。

夜陰に判然とはしないが、武士だとわかった。羽織袴、そして腰に刀を差しているのが黒い影となって輪郭をなしている。

平七郎は、慌てて提灯の火を消した。畳んで懐にしまうと、欄干の下まで体を落とし、音をたてずに橋を下りた。

橋の袂までたどり着いた時、千鳥の店の板戸が開いた。

手燭《てしょく》の明かりが、おぬいの顔と、戸を叩いていた武家の体を照らし、残りの光は外の道に、おぼろげな光を投げた。

武家は背中を外に向けているから、平七郎の方からは黒い背中しか見えぬ。

「川瀬《かわせ》様……」

おぬいは、そう口走った。顔をこわ張らせているところを見ると、望まぬ客だったに違いない。

「久し振りだな、おぬい殿」

川瀬という武家は、まずそう言った。

言葉とは裏腹に傲岸《ごうがん》な響きだった。

「話があって参った。入ってもいいかな」

有無を言わせぬ声音だった。

おぬいが頷いて体を避《よ》けると、武家はするりと戸の内に入り、いったん外を窺った後、障子戸をぴしゃりと閉めた。

平七郎は夜陰に紛《まぎ》れて、するすると千鳥の戸口に走った。

ぴたりと体を板戸につけると耳を澄ませた。

川瀬と呼ばれた男が、まず口火を切った。

「早いものだな、おぬい殿。そなたが屋敷を出てからもう十三年の歳月が経った」

「はい」

「その間にそなたは桑名屋の世話で大工と所帯を持った。久世家としてはやれやれと思ったものだ」

「……」

「ところがおつるが三歳の時、ご亭主は亡くなった。そしてここに店を開いた。まさか若様がこの店に立ち寄るようになるとは夢にだに思わなかったことだ」

「川瀬様、ではあなたは、ずっとこの私を見張って参られたのでございますか」

おぬいは、気丈にも背筋を伸ばして問い質したようだった。

男の、川瀬の低い笑い声が立った。

「お家のためでござる。ひいては市之進様の御為《おんため》……」

「……」

「昔の約束をそなたが破るのではないかと、ひやひやして見ておったのじゃ」

「私は、まさかあの御子が市之進様とは、ついこの間まで知りませんでした。ご安心下さいませ。私の方から母だと名乗るつもりは毛頭ございません。私はどこまでいっても、橋袂の、蛤売りでございます」

「ふむ。それを聞いて安心したと言いたいところだが、そうもいかなくなった」

「川瀬様……」

おぬいが驚きの声を上げた。

「そなたがそうでも、市之進様が薄々感づかれたのか、この私に、おぬいという人が、私の産みの親ではないかとしつこく尋ねられて困っておる」

「まさか……」

「屋敷には武家のなんたるかもわからぬ奉公人もおるゆえ、どうせその者たちから聞いたに違いないのだが、このままだといつかは知れる。そこでじゃ……」

川瀬はそこで言葉を切った。

「まさか、この場所からいずこかへ引っ越せなどと……そういうことですか、川瀬様」

おぬいの不安な声がした。

「流石《さすが》に物わかりがいいお人だ。もしも、人知れず江戸を出て行ってくれるのなら、こちらは相応の金子《きんす》を手当てするつもりだ」

「江戸を……この江戸を出ろと……」

おぬいは悲痛な声を上げた。

「そういう事だ。聞き入れて頂きたい」

「嫌です」

「何……久世の家に逆らえば、市之進様がどうなるかご存じの筈……」

「……」

おぬいのすすり泣く声が聞こえた。

「おぬい殿が江戸の外に出てくれれば、長年のこの私のお役目も終わるというもの……いや、裸で江戸から出て行ってくれと申しているのではないぞ。私の裁量で百両という金を手切金としてお渡しする」

「百両……」

「そうだ、百両だ」

「……」

「聞き届けてくれ、おぬい殿」

川瀬の言葉遣いは丁寧だった。だがその中味は、仮にも久世家の継嗣の母へのものではなく、目障りなものを掃き捨てるような冷酷なものだった。

おぬいは答えなかった。

すると川瀬は、

「このような冷たい事を申すのも、すべてそなたの兄の不行跡、恨むなら兄を恨め……そうではないか。そなたの兄があのような事件を起こさねば、そなたは今ごろ久世家でお腹様として安楽に暮らしていた筈……」

「……」

「その兄が、またぞろこの御府内に舞い戻っていると聞く。万が一、何もかも若様のお耳に入れれば、若様を悩ませることになる。多感な時だ、それで済めばよいが行く末が案じられる」

「わかりました。川瀬様、しばらく考えさせて下さいませ」

「よかろう。しかし、数日のうちに決めて頂く。よろしいですな」

川瀬が立ち上がる気配がした。

平七郎は、慌てて店の横手に回った。

戸が開いて、灯が道にこぼれるのが見えた。

川瀬は表に立つと、冷たい視線でもう一度おぬいを見て頷き、足早に闇に消えた。

おぬいは戸口で呆然として立っていたが、手燭を土間に置いて板戸に手を添えた。

だがその目が、暗闇の中を見た。

「立花様……」

おぬいは、驚きの声を上げた。

七

「何、千鳥が店を閉めている……」

平七郎は、おこうの顔を見返した。

霊岸嶋《れいがんじま》一帯の橋の見回りを済ませて、役宅に引き上げて来たところであった。

「ええ、辰吉もあれから戻ってこなくて、それで気になって行ってみたんです。何かあったんでしょうか」

おこうは、不安な顔をして言った。

「わかった。訳は後で話す」

平七郎は、役宅の門前で踵を返すと、汐留橋に走った。

おぬいに会ったのは昨夜のこと、まさかとは思うが、おぬいは川瀬の言葉に従うつもりかもしれぬ。それではあまりにもおぬいが哀れである。

平七郎は昨夜おぬいが見せた涙を目の当《ま》たりにしている。

突然戸口に現れた平七郎に、おぬいは一瞬硬直したように見えた。

おそらくおぬいは、兄の栄太郎のことで平七郎が訪ねてきたのだと思ったのではないか。

　だが平七郎が、栄太郎の事件を知りつつも、おぬいを案じて桑名屋を訪ね、その帰りに偶然川瀬が店に現れたのを目撃し、話の大部分を聞いてしまったと話すと、おぬいはめまいを起こしたように、そこに頽《くずお》れた。

「しっかりしなさい！」

　平七郎が抱き抱えると、おぬいは、はっとして体を起こし、言葉を呑んで見詰めている平七郎に言ったのである。

「立花様、私、どうすれば良いのでしょうか。私は母と名乗ろうなどと毛頭考えてもおりません。でも、ただここで、このお店で、蛤を焼いて、あの子が美味《おい》しそうに頬ばるのを見ていたいのです」

　訴えるように言ったのである。

「……」

「私は最初から、あの少年たちの中にわが子がいるなどと思ってもみませんでした。生まれて一年で別れています。大きくなったわが子の顔がどういう形をしているのか想像もつきませんでした。それに、久世のお屋敷は三才小路にございます。ここからはかなりの道程、市之進が道場に通うにしても、芝には他にも道場がございます。まさかそこの汐留橋を渡って道場に通って来るなど、考えてもみませんでした。ただ……」

おぬいは、言葉を切った。

しばらく歯を食いしばるようにして俯《うつむ》いていたが、やがて震える声で言ったのである。

「ただ、この橋の袂にいて、市之進と同じような歳頃の少年を眺めていられることは、私の救いでございました。ああ……もうこの御子のように大きく育っているのかと……あの子の、自分なりに想像している面影をよそ様の御子に重ねることで、それだけで幸せでした」

「……」

「この上、江戸を離れろなどと……」

おぬいはそう言うと、ほろりと涙を見せたのだった。

「早まるな、しばらく待て」

平七郎はそう言い置いて帰ってきたのだが、おぬいはもう、店を開ける気力さえ失ったのかもしれぬ。

果たして、千鳥は閉まっていた。

平七郎は、軽く戸を叩いてみたが、返事はなかった。

——ひょっとして桑名屋か……。

平七郎は汐留橋に足を掛けた。渡りはじめてすぐに、橋の欄干に寄り掛かり、ぽつねんと川を見詰めている少年に目が留まった。

少年は市之進だった。

「何をしているのだ、市之進殿」

平七郎は、ゆっくりと近づいて、市之進の背に呼び掛けた。

「立花様」

市之進は、消沈した顔で振り返った。

「友達はどうしたのだ……そうか、その形《なり》では道場帰りではないな。どうした、何をしょげている」

平七郎は歩み寄って市之進の傍《かたわ》らに立った。

橋の向こうに見える三十間堀の水際では、筏《いかだ》に組んで運んで来た材木を、短衣にふんどし姿の男たちが、縄を使って岸辺に固定する作業をしているのが見える。

荷を積んで行き交う船もゆったりと進んでいて、水のぬるみが橋の上にも伝わって来るような、のどかな昼下がりの光景である。

しかし、市之進の表情には、孤独で、寂しげな影が宿っていた。

「屋敷を抜け出して来たのか」

「……」

「それとも、蛤を食べに来たのか」

ちらと千鳥を見て言った。

「いいえ、確かめたいことがあって来ました」

市之進は、川面を眺めたまま答えた。

「何を確かめるのだ」

「私の母かどうかです」

「何……」

「川瀬という家士に問い詰めました。そうしたら川瀬は、若様の母上様は奥方様おひとり、蛤を売っているような下賤《げせん》の女ではないと叱《しか》られました。でも私にはわかっているのです。事情があっておぬいという女《ひと》が暇を出されたことを……私はずっと前に女中の一人から聞いておりました。橋の袂で煮売り屋をやっていることも……。半信半疑でしたが、道場に通うようになって、きっとこの人が母上に違いないと信じてきました。いつか尋ねてみたい、そう思いながら過ごして参りました。もし母上なら、一度でいい、母に私の名を呼んでほしいと……」

市之進は胸の内を吐き出すように言ったのである。

平七郎は返事に窮していた。

母子の愛情は何をもってしても堰止《せき》められるものではない。

しかし、おぬいの方には市之進に語れない事情がある。それがあるからこそ、おぬいは江戸から離れるように言い渡されているのである。

ここで二人が名乗り合えば、おぬいは窮地に立たされる。

「市之進殿、そなたの話が真実だとすれば、母を思うそなたの気持ちは痛い程わかる。しかし、名乗れぬ理由があったとしたら、今急いで問い詰めても、おぬいを苦しめる。そうは思わぬか」

「名乗れぬ理由……それは、母が久世家を出ることになった事情でしょうか」

「そうだ」

「……」

市之進は、しばらく考えていたが、

「母の兄のことですね。でも、それは昔のことではありませんか。どんな事情かは知りませんが、私は少しも気にしていません」

「それはどうかな。そなたは旗本久世家の嫡子だ。厳しい事をいうようだが、感情の赴《おもむ》くままに動ける身分ではない。違うかな」

「……」

「武家には武家の掟《おきて》がある」

「……」

「今しばらく様子をみられてはどうだ」

「諦《あきら》めろとおっしゃるのですか」

きっと市之進は見た。

「そうではない。俺に任せてくれないか」

「……」

「詳《くわ》しいことは話せぬが、今少し待て」

平七郎は言い置くと、欄干から体を離した。

視線の端に、千鳥の前から手を振る辰吉をとらえていた。

「いいな、そうしろ」

平七郎はもう一度念を押すと、踵を返して橋を下りた。

「平さん、そこの番屋まで来ていただけますか」

辰吉はうっすらと無精髭《ひげ》を生やしていた。だがその目は達成感に満ち、栄太郎の仲間をつかまえて木挽町の番屋に預かって貰っているのだと言った。

「おこうが心配していたぞ」

平七郎は言いながら、橋の上の市之進が肩を落として帰って行くのを見守っていた。

「おぬいさんが栄太郎から金を無心されたんです」

「いつのことだ」

市之進が橋を下りるのを見届けてから、辰吉に顔を戻した。

「一昨日の夕方です。使いに来たのがいま番屋に預けてある群次って野郎なんですがね。一度隠れ家をつき止めようとして尾けたんですが、見失っちまいまして、それからずっと見失った場所で張り込んでいたんです。そしたら今日、ようやく現れやして……」

「すると、栄太郎の住処《すみか》はまだわからないのだな」

「へい。ですから旦那にそれを聞き出してもらいたいと存じまして」

「わかった。しかし、でかしたな、辰吉」

「ありがとうございやす。平さんにそう言って頂けると、疲れもふっとびます」

辰吉は、にやりと笑った。

その群次は、二人が番屋に出向くまで暴れていたらしく、奥の板の間で縄でぐるぐる巻きにされて転がされていた。

「群次、このお方はな、黒鷹と呼ばれていなさった凄腕の同心様だ。お前の返事のしようによっては、この世とおさらばしなくちゃならねえぜ。それをようく考えて返事をしな」

辰吉は、早速転がっている群次の耳元に脅しを掛けた。

「畜生、俺が何をしたっていうのだ」

「煩《うるさ》い……お前はおぬいさんから金を巻き上げて行ったじゃねえか。一部始終を俺が見てるぜ」

「ちっ、言いたいように言うがいいさ。俺はしゃべらねえぜ。この世とおさらばだと……上等じゃねえか、やってもらおう」

群次は起き上がると、足で床を叩いて悪態をついた。

平七郎は、その群次の顔をぐいと見据えて低い声で聞いた。

「群次とやら、常吉という壺振りが殺されたのを知っているか」

「常吉が……」

群次は、驚いた顔をした。

「知らなかったようだな。三十間堀の新シ橋近くで浮いていたぞ。常吉は烏婆のお吟の話では、市古屋の人間らしいな」

「……」

「お前も栄太郎も市古屋の人間だった。常吉はよく知っている筈だ」

「畜生、誰に殺されたんだ」

「なるほど、怒るところをみると、常吉とお前は、同じ市古屋の中でも余程親しかったらしいな」

群次は、しまったという顔をした。だがすぐに、ぷいと横を向いた。知らぬ顔の半兵衛を決め込むつもりらしいが、その耳は、平七郎の次の言葉に聞き耳を立てている。

「俺がお前に聞きたいのは、十年前のことだ。市古屋と鶴喜屋は口入れを巡って喧嘩騒動を起こしたが、その時、鶴喜屋の竹次郎という者が殺された。その殺しは栄太郎が殺《や》ったとされて重追放になったのだが、今度殺された常吉もその事件にかかわりがあったと言う者がいるが、本当か」

「……」

「ふむ。妙な話だ。十年前に殺された竹次郎は鶴喜屋の人間だ。栄太郎が喧嘩の上で殺してしまったといっても頷ける話だが、今度の常吉の場合は同じ釜の飯を食った仲だ。栄太郎が常吉を殺さなきゃならんような何か互いに煙たいことでもあったのか？」

「ある筈がねえ。兄貴は、常吉など殺す訳がねえ」

群次は、じっと聞いているのに耐え兼ねたのか吐き捨てるように言った。

「そうか、すると、常吉は誰が殺ったのだ」

「知るもんか」

「いいか、群次。これからが肝心な話だ。竹次郎殺しには何かからくりがあったのではないかな」

「知らねえって」

「そのからくりを常吉は知っていた。烏婆の話では、常吉は常々壺振りは手慰《てなぐさ》みで、遊ぶ金は別から入るのだと言っていたそうだからな」

「常吉が……」

「そうだ。どういう意味か、お前にはわかるだろ」

「常吉の奴……」

「俺が思うに、竹次郎を殺ったのは栄太郎ではない。別の人間だった。栄太郎はその者に代わって自訴したのだ」

「だ、旦那……」

群次は思わず声を出した。驚きの眼を見開いていた。

「ところが、その一部始終を常吉は知っていたのだ。常吉は、その秘密を餌にして、竹次郎を殺した者から遊ぶ金を出させていたのだ。常吉を殺したのは、その男だ……昔、竹次郎を殺した奴だ」

平七郎は、きっぱりと言った。そして付け加えた。

「まっ、俺の話が単なる思い過ごしならば結構なことだが、そうでなければ、次に殺られるのは、お前か、あるいは栄太郎だな」

「だ、旦那、脅かしっこなしですよ」

群次は狼狽《ろうばい》していた。

平七郎は一気に畳み込む。

「どうだ、いま話したような事情なら、俺はお前と、栄太郎を助けてやってもいいぞ。お前たちのために言っているのではない。おぬい親子のために言っている」

「旦那、旦那、助けて下せえ、この通りだ」

群次は頭を下げた。

「俺が言ったことに間違いないんだな」

「へい。栄太郎兄貴は市古屋の親分に恩義を感じていたんでさ。なにしろ経師屋の父親に疎《うと》んじられて腹を立て、家を出たのはいいが金もねえから途方に暮れていたんでさ。それであっしが親分に引き合わせて、市古屋で働くようになったんでございやす。まもなく鶴喜屋との出入りがございやして、親分は見せしめに鶴喜屋の親分の片腕だった竹次郎をつかまえてきて殺しやした。ところが町方の知れるところとなって、栄太郎兄貴とあっしと、そして常吉と三人が親分に呼ばれて身代わりになって自訴しろと命令されやした。兄貴は、俺たちのことを考えて、自分が引き受けると言ってくれたのでございやす。親分はその時、骨は拾ってやると言いやした。重追放というお裁きが出た時には、ほとぼりが冷めたら江戸に戻ってこい。何もしなくても一生面倒みると、そう言ったのでございやす。ところが……」

群次は一気にそこまで喋ると、いまいましそうに言った。

「兄貴が江戸に戻ってきたのを知った親分は、殺せと……疫病神《やくびょうがみ》は殺せと言ったんです」

「それで栄太郎は潜んでいるのか」

「へい。江戸を出たくても金がねえ。でもこのまま江戸に居れば、旦那が言ったように殺される。それで考えたのがいくらか金を持って江戸を出る。それも、親分を殺して出る」

「何、栄太郎はそんな事を言っているのか」

「だって旦那、どうやってこの恨みを晴らしたらいいんですかい……泣き寝入りをしろと、そうおっしゃるんでございやすか」

「馬鹿な……そんな事をしてみろ。今度は本当の人殺しになるぞ」

平七郎は叱りつけた。

群次は小さくなって「へい」と言った。

「よし、群次。今から栄太郎の隠れ家に案内しろ」

「旦那をですか……」

「そうだ。決着は俺たちに任せて貰う。ただし、協力はして貰うぞ」

平七郎は、有無を言わさぬ声で言った。

八

「兄さんが見つかった……」

おぬいは、小さな声を発すると言葉を呑んだ。

「そればかりではないぞ。栄太郎は人殺しなどしていなかった。身代わりで自訴していたことがわかったのだ」

平七郎は、まだ半信半疑のおぬいの顔に頷いた。

木挽町の番屋で群次から、十年前の竹次郎殺しが市古屋の主勘左衛門とわかったところで、平七郎と辰吉は群次に案内させて栄太郎の隠れ家に向かったのである。

栄太郎は、内山《うちやま》町の古い空き家に隠れていた。空き家には土間に畳二畳程の地下蔵があった。危険を察知した時には、そこに隠れることになっていたようだ。

平七郎と辰吉が踏み込んだ時には、同心が自分の住処を嗅《か》ぎつけて捕縛に来たのだと勘違いした栄太郎は、地下蔵の中に逃げこんだのである。

群次が木の蓋《ふた》を開けて、同心を案内してきたいきさつを手短に説明したが、ずっと長い間追われる暮らしをしてきた栄太郎は、群次の言葉さえ信用出来ずに地下蔵の中で頑張った。

平七郎は土間から地下蔵にいる栄太郎に向かって、市古屋に復讐するなど馬鹿な真似《まね》は止《よ》して、後はお上の手にゆだねるように説得したのである。

栄太郎のために、おぬいがいかに辛《つら》い日々をこれまで送り、いままた、窮地に立たされていることも教えてやった。

栄太郎は十三年前に家を出たきりだったから、その後のおぬいがどんな暮らしをしてきたのか知らなかった。

ましてやそのおぬいが、わが子と別れて暮らしてきたことも、むろん知らなかった。

さすがに母子の話に及んだ時には、栄太郎はしゅんとして俯《うつむ》いていた。

「妹のおぬいのためにもう一度やりなおせ。そのためには今お前がしょってる罪が偽りの上に科せられたものであることを証明せねばならぬ」

平七郎は、こんこんと言いきかせた。

「旦那、本当にあっしのような罪を負った人間が、無罪放免になるんでしょうか」

半信半疑の言葉とはいえ、栄太郎の心がぐらりと揺らいだ一瞬だった。

平七郎はそういう事例は昔あった、家族や親族の訴えによって、奉行所は再度の吟味をしてくれる場合があると説明し、

「俺を信じろ……」

見上げている栄太郎の目を見すえた。

栄太郎は、それでようやく地下蔵から這い上がってきたのであった。

「おぬい、そういう事だ。いま栄太郎は桑名屋にいる。垢《あか》を落として、それからここに来る手筈になっている」

「立花様……」

おぬいは深々と頭を下げた。

「これでもう、そなたは江戸を出ることもあるまい。兄が無実だったとわかれば、久世の家も考えを改める」

「はい」

「蛤を焼ける」

「はい」

おぬいは手をついたまま、平七郎を見上げると、

「蛤が焼けます」

ほっとした顔で言った。

「市之進殿と名乗り合える日も来るに違いない」

「いいえ……」

おぬいは、体を起こすと、

「私にはそのつもりはございません」

きっぱりと言ったのである。

「……」

「私は、ここで蛤が焼けたら、それで十分でございます。蛤を焼きながら、そっと見守るだけで幸せというものです」

「おぬい」

「立花様、私はこれまでにも、ええ、久世家を出てから一日たりとも、ひとときも、あの子を忘れたことはございません。いつもこの胸にあの子の面影を抱いて参りました。私の市之進は、私の心の中で成長し、私をずっと支えてくれています。久世市之進様の母は一

人、久世家の奥様でございます。こちらの勝手で名乗り合っては人の道に外れます。第一あの子は、こんな蛤売りが母だなんて知りません」

「いや、知っている」

「まさかそんな……」

おぬいは驚きの声を上げた。

「一度でいい、母と呼び、そして自分の名を呼んでほしいと言っていたぞ」

「……」

「あの橋の上から、この店を見詰めておった」

「……」

「俺も思い出しているのだが、あの年頃の精神の揺れは激しい。あやういものを抱えているのだ」

「立花様、折があればあの子に伝えて下さいませ。そのような精神で、どうして久世家の跡を継ぐことが出来るのかと……」

じっと見た。

「平さん……」

その時だった。辰吉が群次と栄太郎を連れて入ってきた。

「兄さん……」

おぬいは凝然として見詰めた。

「おぬい……すまねえ」

栄太郎は小さな声で言い、頭を垂れた。

「許してくれ、おぬい……」

「……」

おぬいは、返す言葉が見つからないようだった。戸惑いと怒りと、懐かしさがないまぜになったような顔をして座っていた。

栄太郎はおぬいにとっては、たった一人の兄である。だがその兄のために、おぬいは人生を大きく狂わされているのであった。

平七郎は、じっと二人の姿を見守った。

長い沈黙が続いた。

それを破ったのはおつるであった。

おつるは、とことこと店の奥から出てくると、おぬいの側にちょこんと座った。そして言ったのである。

「私、おつるです。おじさん、お帰りなさい」

「お、おつる坊」

栄太郎はきまり悪そうに声を掛けた。おつるは、

「おじさんが遠いお空の下で無事でありますようにって、おっかさんはずっとお祈りしていたんですよ……ね、おっかさん」

おつるは、嬉しそうな顔をして、おぬいの顔を仰ぎ見た。


海賊《かいぞく》橋は、八丁堀の組屋敷がある西方に流れる楓《もみじ》川に架かっている橋である。橋の東側袂には辻番所があるが、西側には河岸地が続いている。河岸地には蔵や家屋が建っているところもあるが、運んできた荷物を上げる荷揚げ場にもなっている。

普段は人影もない空き地である。

平七郎が市古屋の勘左衛門を、栄太郎の名で呼び出したのは、その日の夕刻だった。使いにやったのは辰吉だった。

辰吉は、呼び出しの文言を述べる時に、たっぷり脅しをかけている。

約束の時刻は暮の六ツ、一帯に夕闇が迫る頃には、栄太郎と群次は草地の中央に立ち、市古屋を待った。

むろんまわりの陰には、定橋掛与力大村虎之助と平七郎、秀太、それに昔のよしみで加わってくれた小者たちが潜んでいた。

暮六ツの鐘が鳴る。

栄太郎は、生唾を呑んだ。薄闇に注意深く目を遣った。

やがて鐘が鳴り終わると、市古屋は両脇に子分を従えてやって来た。

月が瞬《またた》く間に出て、市古屋の太い眉、ぎろりとした目がはっきりと見えた。

「命知らずとはおめえのことだぜ。なあ、栄太郎。使いの者の話では、江戸を出るから百両出せだと。馬鹿も休み休みに言うんだな」

市古屋は、冷笑を浮かべて言った。

「親分、お、俺は、親分の身代わりになってこの江戸を追放された。だが親分は言ってくれたじゃねえか。ほとぼりが冷めたら帰って来いと……俺が面倒をみると……それが、帰って来てみると、店に近づいたら命はねえなどと脅されて」

「おい、栄太郎、何か勘違いしてるんじゃねえのか。お前が払ってくれた代償は金にして渡した筈だぜ。江戸を追放される時にな」

「嘘だ。確かにあんたは十両の金をこの群次に持たせてくれたが、それは代償なんかじゃねえ。竹次郎殺しをかぶってくれた人間を、一刻もこの江戸から追い出したかっただけなんだ」

　栄太郎は、必死になって言い返した。

　だが、市古屋は怯《ひる》むような男ではない。

　組んでいた腕を払うと、恐ろしい声で言った。

「四の五の言うんじゃねえぜ、栄太郎。常吉のようになりたくなかったら、黙ってとっとこの江戸から出て行きな」

「そうか、やっぱりあんたが常吉を殺ったんだな」

「おめえと同じよ、昔のことを引っ張り出して、いつまでも金をせびるから、ひと思いにあの世に送ってやったんだ」

　市古屋は、面白そうに笑った。

　その時である。

「市古屋勘左衛門、悪いが何もかも聞かせて貰った。神妙にしろ」

　市古屋たち三人を取り囲むように、大村虎之助以下がぞろりと出て来た。

　虎之助は、手に鉄扇を携《たずさ》えている。

　股を拡げてすっくと立った虎之助は、見ようによっては凜々《りり》しく見えた。

「謀《はか》ったな栄太郎」

市古屋は、懐から匕首《あいくち》を引き抜いた。

両脇の子分たちも揃って匕首を引き抜くが、多勢に無勢、じりじりと追い詰められて、

「野郎」

市古屋はこともあろうに、大村めがけて突進した。

「大村様」

秀太が叫んだ。

だが大村は、よろりっと体が揺れたかと思うと、市古屋の匕首を躱《かわ》し、慌てて鉄扇を伸ばして、市古屋の手首をしたたかに打ち据えた。

「あっ」

市古屋は匕首を落として、つんのめった。

「親分」

子分二人が駆け寄ろうとした。

「そうはさせぬ」

秀太が抜き身を持って立ちふさがった。

「それまでだ」

平七郎は市古屋に駆け寄ると、その腕をねじ上げた。

小者たちが一斉に子分たちに打ちかかる。

平七郎は、市古屋に縄をかけると、

「大事ございませんか」

虎之助を見た。

「なんのこれしき……」

大村は、にやりと笑った。


千鳥の店の前で、またおぬいは蛤を焼き始めた。

「いらっしゃいませ。千鳥の蛤、いかがですか」

明るい声で往来の客に呼び掛けながら、無心に蛤を焼くおぬい……。

栄太郎は、市古屋の調べが終わり、罪が確定するまで桑名屋で預かりの身となっていた。

無罪放免を勝ち取ったその暁《あかつき》には、桑名屋で働くことに決まっている。

市之進とのことは別にして、おぬいの周辺にも明るいものが見えていた。

「おぬい、ひとつ頂こうか」

平七郎の声に顔を上げたおぬいは、思わず手にある箸《はし》を落としそうになった。

平七郎の側には市之進が立っていたのである。

市之進は、じっとおぬいを見詰めていた。

おぬいも見詰めた。

二人は、黙って見詰め合った。

「なにをぽかんとしているのだ。市之進殿の分も頼むぞ」

平七郎が言った。

「はい、ただいま」

おぬいは、慌てて皿を取ると、一番大きな蛤を皿に載せた。

「市之進様……さあ」

市之進の手に、手渡した。

市之進は、黙って皿を見詰めていたが、顔を上げた。

おぬいと目が合った。

「何をしている。母上が焼いた蛤だ。存分に食え」

平七郎が言った。

「母上……」

市之進は小さな声で言った。

「見守っていますよ、どこにいても……何をしていても……」

おぬいは、皿をささげ持っている市之進の両手を、自分の両手でそっと包んだ。

「市之進様、お兄ちゃん……ほら、ほら、綺麗でしょ」

店の奥から、風車を持ったおつるが走り出て来た。

おつるは風車を持って、あっちに走り、こっちに走りして、

「そうだ、橋の上だ」

風車を持って汐留橋にかけ上がった。

「おつる坊」

市之進も、橋を目掛けて走って行った。

「立花様……」

おぬいは、深々と頭を下げた。

第三話　夢の浮き橋

一

母の里絵の祈りは長い。

平七郎は、毎朝出仕前に仏壇の前でこの祈りに付き合わされているのだが、今日の里絵はいつもよりねんごろに手を合わせているように見えた。

その原因は、仏壇に供《そな》えられている綺麗な袋にあるようだった。

袋は数日来、せっせと里絵が縫《ぬ》っていたものである。

里絵は、立花家に後妻に入ったが父との間に子をもうけなかったため、父が死に、平七郎が成人してみると、いかにも手持ちぶさたのようで、ひとつことに夢中になると徹底する。

もっともそれは、まだ若い母が、そうして寂《さび》しい気持ちを紛《まぎ》らわせ、この先の長い人生を送るためなのかと思うと、平七郎は自分に課せられた息子としての責任を感じずにはいられない。

平七郎は、背筋を伸ばして手を合わせている母の、まだどことなくなまめかしい風情に、父もさぞかし心残りではなかったろうかと思いやるのであった。

ぼんやりと、そんな事を考えながら手を合わせていると、チンと鈴《りん》を里絵が鳴らした。

朝の儀式はこれで終わる。

「では母上、いってまいります」

平七郎は、さっそく腰を上げた。

「お待ちを、平七郎殿」

里絵は立ち上がると、仏壇に供えてあった袋を下ろし、

「これを……あなたがお手柄をたてますようにと、願いを込めてわたくしが造りました。いまお父上にもそのことをお願いしましたので、是非携帯してください」

と言う。

受け取って眺めると、なるほどみごとな袋である。緑地に金色の水流模様がある長い袋で、口は薄茜《うすあかね》の組紐《くみひも》でしごいて閉じるようになっている。

「母上がこれを……」

感心して見返すと、

「はい。わたくしの昔の着物の裂《きれ》で造りました。いいですか、きちんきちんとお勤めをなされば、あなたはきっと、また定町廻りに戻れます。そういう願いを込めた袋です」

「わかりました。使わせて頂きます。いや、これはいい。何に使おうか楽しみです」

それにしても、妙に細長い袋だなと考えていると、

「平七郎殿、この袋、木槌の袋ですよ」

里絵はにこりとして言った。

「木槌の袋……」

「決まっているではありませんか。さっ、その懐《ふところ》にある木槌をこれへ……」

「母上……」

平七郎は、困った顔をして里絵を見た。

少年の頃に学問所に通う平七郎に、里絵は筆の袋やら用紙入れ、それに弁当を包む風呂敷など、綺麗な裂で造ってくれたが、木槌はそういう類《たぐ》いの物ではない。

いちいち袋に出し入れしていたら、手間取って仕方がない。

第一、いい歳をして恥ずかしい。

思案していると、

「お嫌なのですか」

里絵は、不服そうな声で言う。

「いえ、そういう訳では……秀太が羨《うらや》ましがります」

断るのに窮《きゅう》した平七郎は、誤魔化した。いかにも、使いたいがそうもいかぬと、そん

なちょっと困った顔をしてみせる。

　すると里絵は、

「そうおっしゃるのではないかと思いましてね、はい」

　もう一つ仏壇から袋を下ろし、平七郎の掌《てのひら》に乗せた。

「これを秀太に……」

「はい。秀太さんのは紺地に亀甲《きっこう》模様に致しました。紐は同じ薄茜色です」

「……」

　二の句が継げなくて困っていると、

「おこうさんにも、お出かけに持つ袋を差し上げました。とてもよろこんで下さいましたよ。わたくしのも造りました」

　里絵は自慢げに言い、

「あなたも今日だけでも使ってみてはいかが？……ね」

　後に引きそうにもない。

「わかりました。それじゃあ……」

　平七郎は、自分の袋に木槌を入れ、もうひとつの袋を袂《たもと》に入れた。

「それでね。平七郎殿」

「まだ他に袋でも？」

「いえいえ、そうではありません。気づかなかったようですね、この組紐はあなたがおふくさんから頂いて帰ってきた紐なのですよ」

平七郎は、ああそうだったのかと、母を見た。

確かに組紐数本を永代橋袂《えいたい》で茶屋をやっているおふくから貰《もら》った。

茶屋といっても飯屋に毛が生えたようなものである。

おふくには永代橋の管理を頼んでいて、時折立ち寄るのだが、組紐はおふくの妹の作品だと言い、お母上様に是非お持ち下さいませと渡された物だった。

なるほど一本の紐も、こうして一役を担《にな》うものかと、平七郎は感心して母の顔を見返した。

「思い出しましたか。それでね、頂いた紐は全部使ってしまいましたから、同じような紐をあと数本頂けないものかと、あなたから聞いてみては下さいませんか」

と言う。

「わかりました、そうしましょう」

平七郎は頷《うなず》いた。

それでようやく里絵は全《すべ》てが解決したような笑みを見せた。

——ありがたいが……。

役宅の門を出ると、平七郎は袋を取り出した。

ちらと後ろを振り返り、母の姿がそこにないのを確かめてから、袋から木槌を取り出し、その袋は袂に入れた。

——遅くなった。

平七郎は、大股で役宅を後にした。


「まあ、お幸《さち》の紐がそんなにお母上様に気に入って頂けるなんて、お幸もどれほど喜びますか……それにこの袋、素晴らしいじゃないですか」

おふくは、二つの木槌の袋を取り上げてまじまじと見て、

「私もひとつ、いつか綺麗な袋をお願いしたいくらいです。そうだ、なんなら平七郎様、お店の近くをお通りの際に立ち寄ってやっていただけませんか。その方が早く紐を手にいれることが出来るでしょうし、お幸も喜びます」

おふくは、店の奥で向き合って、小さな声で言い争っている若い男女をちらと見て言った。

店は昼前で、客はその二人の他には、物見遊山《ものみゆさん》の中年の町家の内儀三人が、地図を拡げ

て見物先を思案しているようだった。

もう半刻もすれば、この店は階下も二階もいっぱいになる。

年中無休のようなものだから、おふくはなかなか自分の方からお幸を訪ねていけないのであった。

「お幸はたしか、組紐屋の『光彩堂《こうさいどう》』で修業していたな」

「はい。今は一本立ちして友達のお君《きみ》さんて人と仕舞屋《しもたや》を借りて頑張っています。結構注文があるようですから……」

「そうか、それは良かった。俺は一度きりしか会ったことはないが、元気になって良かったではないか」

「ええ、一時はね、離縁されて帰ってきた時には、この先どうするのかと案じていたんですが、昔とった杵柄《きねづか》、組紐で身を立てるようになってほっとしています。平七郎様のお父上様も、あの世からきっと心配して下さっていたに違いありませんもの」

おふくはしみじみと言った。

おふくの妹お幸の縁談をまとめたのは亡き父だと、平七郎は聞いていた。

定町廻りだった父が、浅草の阿部川《あべかわ》町にある仏具屋『日野屋《ひの》』の主から、息子が永代橋の袂にある茶屋のお幸という娘にぞっこんで、なんとか仲を取り持って貰えないかと頼まれて、橋渡しをして成った結婚だった。

ところが平七郎の父が亡くなってまもなくのこと、せっかくお父上様にご紹介頂いたのにお幸は婚家から逃げ帰って来たのだと、当時父の後を継いで定町廻りになっていた平七郎におふくから報告があった。

その時に、平七郎はお幸には会っている。

おふくはぽっちゃりとしてふくぶくしい女だが、妹のお幸はどちらかというと痩《や》せていて、色の白い女だったと平七郎は記憶している。

その後、平七郎が橋廻りとなり、このおふくの店に立ち寄った時には、もうお幸は、組紐屋で修業するのだと言い、この店にはいなかった。

逃げ帰って来たのが二十一、二だったから、お幸はもう二十六、七になっている筈《はず》である。

「これは平七郎様、お久し振りでございやす」

船からあがった船頭の源治《げんじ》が、にこにこして近づいてきた。

その後ろから、秀太が帳面を手にやって来て、

「平さん、やっぱり今戸《いまど》の橋桁《はしげた》は傷んでいますね。源さんの船で川の方から見ますとよくわかります。今どうこうという訳ではありませんが、この夏に嵐でも来れば危ないと思い

ますよ」

真剣な顔で、場所はここだと、帳面に書いてある橋の絵をみせて説明した。

「わかった。大村様にも報告しておいた方がいいな」

平七郎が先輩同心らしい口調で言うと、

「そう致します。心配していたことが源さんのお陰ではっきりしましたから、ほっとしました。ともかく源さんは船を操るのが巧《たく》みで……」

笑って源治を見た。

「なあに、あっしも近ごろでは、また屋根船も操っておりやしてね」

ちょっぴり自慢の源治である。

「ほう……しかし無理はするな、お前も歳だからな」

「平七郎様、何をおっしゃいますか、あっしはまだまだ……それにもうすぐ川開きでございますからね。年寄りだの、しんどいだのと言っておれやせん。うんとこの腕も鍛《きた》えておかなければ、いざという時に旦那のお手伝いができやせんから」

源治は力こぶをつくってみせた。

だがすぐに、その目は袋に気づいて、

「これは美しい。お母上様の作でございやすね」

にこりとして手にとった。

「源さん、その紐はお幸が組んだ紐なんですよ。お母上様が気に入って下さって」

おふくは、里絵がお幸の紐を気に入って、袋に使ってくれたのだと説明し、

「こちらは平塚様の分だそうですよ」

袋のひとつを秀太に渡した。

「これはいいな。ずいぶんとしゃれている」

秀太は言い、さっそく袋に木槌を入れてみる。

「ようござんしたね、女将《おかみ》さん」

源治は、しんみりと言い、

「いや、お幸さんもいっときはどうなることかと心配しておりやしたが、女将さんが一生懸命励ましましてね、その甲斐《かい》があったというものでございやす」

ほっとした表情をしてみせた。

するとおふくは、

「私にはあの子をしあわせにする責任がありますから……無念にもその橋で命を落としたご両親のためにも、なんとしてでもお幸にはしあわせになって貰わねば、そう思っています」

しみじみと言う。

「おふく、なんの話だ。お幸はお前の実の妹ではなかったのか」

平七郎が驚いて聞き返した。

「あら、平七郎様はご存じなかったのですね、お幸のこと……お父上様から何も聞いてはいなかったのですね」

おふくはそう言うと、立って行って店の小窓を開けた。

小窓の向こうには、美しい永代橋の勇姿が見える。

「もう十六年にもなりますが、平七郎様は、あの橋が崩落して、たくさんの人たちが命を失ったことをご存じでしょうか」

悲しげな目を向けた。

「知っている……といっても、俺もまだ子供だったからな。父親が話して聞かせてくれたが見たわけではない。だが想像してぞっとしたことを覚えている」

「お幸はね、その時の生き残りなんでございますよ」

「何と……」

あの時の大惨事の生き残りが目の前にいたなどと、平七郎は想像だにしたことはない。

驚いておふくを見返した。

永代橋の大惨事……それは文化《ぶんか》四年（一八〇七）八月のことである。

頃は昼の四ッ（午前十時）、十二年ぶりに復活した富岡《とみおか》八幡宮の祭礼を見ようと集まってきた人々で、橋の上は立錐《りっすい》の余地もない程込み合って、我も我もと移動しているうちに、橋が重みに耐え兼ねて、深川側から六、七間の所で突然崩落したのである。

その後の記録によれば、千石通しから落ちる米粒のように人が大川に落ちて行ったというから、まさにその時現場に居合わせた者たちは、地獄を見る思いがしたに違いない。

秀太が慌《あわ》てて帳面を開いて言った。

「私の記録によると、永代橋は元禄《げんろく》十一年（一六九八）に関東郡代伊奈半左衛門《いなはんざえもん》様の指揮のもとで架けられたのが初めてですが、この橋の上流にあるたくさんの蔵に出入りする廻船の便を考えて、橋脚の長さを大潮の満潮時にも水面から一丈（三メートル）の余裕を持たせた設計で架けています。しかも橋の長さが百十間（一九八メートル）、幅は三間六尺五寸（七・三六メートル）ありますからね。また潮の浸食や消失流失で、二十年に一度はなんらかの修復を余儀なくされています。傷むのが場所柄早いのです。そんなところにすずなりになって押し寄せてはひとたまりもありません」

「たしかあの時は、深川の浄心《じょうしん》寺で身延《みのぶ》山の七面《しちめん》明神の出開帳もあったんです。お幸も両親と西国からこの江戸に物見遊山にやってきて、祭りや出開帳を見るのだと、当時母がやっていたこの店で、橋の通行ができる時刻を待っておりました。お幸の両親は一見して、裕福な商家の人だとわかりました。言葉遣いから上方《かみがた》のお人で、一家は五ツ半（午前九時）ごろから待っておりました。待っている間に、私はお幸の相手をしてお手玉をしていたのを覚えています」

おふくは、まるで昨日の出来事のように言った。

「通行の時刻を待っていた？……どういうことだ。もうその時刻から橋の上はいっぱいだったということなのか」

秀太が聞いた。

「いいえ。誰も通して貰えなかったのでございますよ。なんでも一《ひとつ》橋《ばし》様がお祭りの見物に船で参られる。永代橋の下を通られるというので、通過されるのを皆橋の袂で待たされていたのです。お役人様が縄を張りましてね、通行止めにしたのです。ところがそれが半刻も続いたものですから、もう人、人、人で、ずっと向こうの箱崎《はこざき》橋近くまで人が溢《あふ》れていたんです。四ツの鐘が鳴ってまもなくでした。縄が解かれて、お幸はまだ十歳ほどの子供ですから、この店を飛び出したんです。ご両親もお幸を追っかけて橋に向かいましたお姉ちゃん、ありがとうって……私にそう言って……」

おふくの声は震えていた。

いつものように客を送り出したおふくの母は、まもなく、橋の上の阿鼻叫喚《あびきょうかん》に気づくことになるのである。

「逃げ惑う人、泣き叫ぶ人……さながら地獄でございました……」

あまりの話に、平七郎も秀太も言葉が見つからぬ。

「私と母は、橋の袂にあがる遺体を日夜目《ま》のあたりにすることになるのですが、お幸のぐったりした姿を見つけた時にはもう、息が止まったと母が言っておりました。でも、お役人が脈をみたところまだ生きていたのです。すぐに店にひきとってお医者に診《み》て頂きました。お幸は奇跡的に助かったのです。十日ほどたって死者行方不明者二千人と聞きました。お幸は本当に運がよかったのです。でも……」

おふくは言い淀《よど》んだ。

「両親は亡くなったのだな」

「はい。遺体もあがりませんでした」

「……」

「累々《るいるい》と並べられた遺体の側《そば》で、お幸は両親を探して泣き叫びました……そのお幸を母が抱き締めて、こう言ったのです。うんとお泣き……声が嗄《か》れるまでお泣き……でもね、あんたは今日から私の娘だよって……」

「……」

「このおふくの妹だからねって……きっとしあわせにしてあげるからって……でもその母も亡くなって……だから私があの橋を見守り、お幸をしあわせにしてやらなくてはと、そういう気持ちできたんです」

「女将さんはえらいお人です。ずっとあっしは見続けて参りやしたが、お幸さんにとっては母親ですからね」

源治は言い、ちぃんと鼻をかんだ。

「おふくはそれで嫁にもいかなかったのか」

「平七郎様、私はここにいるのが一番好きなんですよ。皆さんの供養をしながら橋を見守っているのが性に合っているんです。私はお幸さえしあわせになってくれたらと、お幸には今度こそいい人と所帯をもってほしいんです。平七郎様も秀太様も、あの子に似合いの人がいましたら、お世話してやって下さいまし」

「そしたらおふくは婿《むこ》でもとるか」

「はい」

おふくはようやく笑顔で頷いた。

二

「平さん、あの家ではありませんか」

秀太は、嫌なものを見たように眉をしかめた。

その家の軒下では、十手をちらつかせて話し込んでいる岡っ引がいた。

岡っ引にあれこれ聞かれている女は、お幸ではなかったが、泣いていた。泣きながら懸命に首を横に振っていた。

一見したところ、岡っ引の追及を、泣きながら否定しているのであった。

まさかとは思ったが、その仕舞屋はおふくから聞いていたお幸とお君の住まいと仕事場に違いなかった。

「ふむ……」

平七郎と秀太は、顔を見合わせると、ゆっくりとその家に向かって歩を進めた。

平七郎は、橋廻りの仕事も昨日から非番となっている。

昼過ぎに役宅を訪ねてきた秀太と二人で、ぶらぶらとこの北紺屋町《きたこんやちょう》までやって来たのだが、戸口に岡っ引の姿を見て、嫌な予感がした。

数日前、おふくからお幸の昔の話を聞いたばかりだが、昨日橋の点検をした後でおふくの店に立ち寄ると、おふくの顔色がすぐれない。

「何か心配ごとでも出来たのか」

平七郎が聞いたところ、

「ええ……実はご相談したいことがあるのですが、こんなことをお願いして良いものかどうか考えていたところです」

などと言う。

「お前らしくもないな。言ってみなさい」

平七郎は、まだ踏ん切りのつかないらしいおふくを促《うなが》した。

「平七郎様、近々お幸のところに行って下さるんでしょ、組紐のことで」

「うむ。今日で非番だからな。明日かあさってか……」

「……」

「おふく、だから何だ」

「ええ……平七郎様、お幸に会ったら、岡っ引に追われるような男と付き合ったりしてないだろうね……私がそう言っていたと伝えて下さい」

おふくは乾いた声で言った。

「何かそんな噂でもあったのか」

怪訝《けげん》な顔で見返した平七郎に、

「昨日、南町の岡っ引で重蔵《じゅうぞう》という親分がやってきて、お幸が押し込みの手引きをしたんじゃないかって、そんな目茶苦茶なことを聞いてきたんですよ」

「押し込みだと……いつの話だ。どこが押し込みにあったのだ」

「それがですね。お幸が離縁された阿部川町の日野屋さんが二人連れの押し込みにあったらしくて」

「しかし、それがどうしてお幸が手引きをしたことになるのだ」

「なんでもつい最近、女中奉公を首にされた女の人が、腹いせに自分のイロをつかって元の奉公先に盗みに入らせたという事件があったそうなんです。日野屋はお幸の元婚家です。だから……」

「馬鹿な……」

「私はもちろんお幸を信じてます。でも、念のためお幸に確かめなくては商売も手につきません」

おふくは手を合わせる。

「わかった。あんまり心配するな」

平七郎はその時はそういって慰めたのだが、岡っ引が来ているところをみると、笑って見過ごすという訳にはいかなくなった。

「おい。お前は重蔵か」

平七郎は、岡っ引の後ろからふいに声をかけた。

「こりゃどうも、北町の旦那で……」

重蔵はにやりとして見せると、旦那もお調べでございますかと、思わせぶりな口をきいてきた。

「俺は、この家のお幸と知り合いだ」

「旦那が……」

重蔵はびっくりした顔をした。

「重蔵、お幸が何をしたというのだ。お前は姉のおふくにも聞き込みに行ったらしいな」

「へい」

「俺は橋廻りの立花という者だが、いいか、お幸が確かに押し込みの犯人とつるんでいるという証拠を持ってからここに来るのだ。それまではみだりに立ち寄るでない。ここだけじゃない、おふくの店にもだ」

ぴしりと言った。

「こりゃあどうも……北町のどなた様かと思ったら、黒鷹と呼ばれた立花平七郎様とは驚きやした。いや、そのお方が、押し込みの一味かもしれねえ女と知り合いで、しかもその女を庇《かば》うとはねえ。黒鷹の名が泣くんじゃござんせんか」

冷笑を浮かべて言う。

「貴様、誰の手下だ」

「あっしですか……あっしは、南町の岩木《いわき》様から手札を頂いておりやすが……」

開き直ったような目を向けてきた。

岩木とは、南町でも番屋で与力の目を盗んで、捕まえてきた者に拷問まがいの仕置をして白状させるという、同心仲間からは眉をひそめて見られている人物だった。

「岩木殿に伝えろ。お幸に何か問題があるようなら、私が調べるとな」

「さいですか。旦那が責任とってくれるんでしたら、何もいうことはござんせんが、その言葉、お忘れにならないで下さいやし」

重蔵は挑戦的な目で見返すと、

「しかし旦那は今は橋廻りでござんしょ。黒鷹も橋の上に足を縛《しば》られたままじゃあ、獲物の見当もつかねえんではございませんか。まあ、これは余計なことでございやすが……」

重蔵は肩をひくひくと上下させて、押し殺した笑い声を立てた。だが笑っているのは口

許だけで、重蔵は探るような冷たい目で家の中を覗《のぞ》くように一瞥《いちべつ》すると、

「じゃ、あっしは引き上げますか」

十手で肩をとんとん打ちながら、悠然と去って行った。

「まったく、嫌な野郎ですね」

秀太が重蔵を見送りながら言った。

「ありがとうございました。いろいろとねちねち聞かれて……」

女は涙を拭いて顔を上げた。まんまるい顔をした、口の小さい、まだあどけなさが残っているような娘だった。

「あんたは、お君だね」

平七郎が尋ねると女はこくんと頷いた。

「お幸に会いにきたのだが、いるのか。おふくの伝言もあるのだが……」

「いま光彩堂さんに品物を納めに出かけています。もうすぐ帰って参ります。どうぞ中でお待ち下さい」

お君は重蔵から解き放されてほっとしたのか、明るい声で促した。

「申し訳ありません。遅くなりました」

お幸が帰ってきたのは半刻ほどたった頃だった。

玄関に迎えに出たお君と一緒に部屋に入ってきたお幸は、風呂敷包みをお君に渡すと、神妙な顔で平七郎と秀太の前に座った。

二人が待っていたのは三畳の茶の間だった。女の二人住まいらしい部屋には小さな茶簞《ちゃだん》笥《す》が置いてあり、茶簞笥の上には素焼きの花器に紫のかきつばたが活《い》けてある。

隣室は仕事場になっていて、丸や四角の組紐の台が置いてあり、様々な色の美しい糸を巻いた大きな糸巻きが見え、棚には出来上がった平打ちや丸打ちの紐が並べてあった。

平七郎と秀太は、なまめかしい女の匂いのする部屋で、お幸が帰ってくるまでお君と話していた。お幸が帰って来たのは七ツ（午後四時）近くになってからである。

久し振りに見たお幸は、白い肌がいっそうしっとりとして輝いているように見えた。一度嫁《か》した女の色気が匂うようである。

「お幸、もともとの用事は母に頼まれて組紐を貰いにきたのだが、少し聞きたいこともあってな、それで待っていた」

「はい」

お幸は頷いた。見返して来た目に曇りはなかった。

「岡っ引がお前の周辺を嗅《か》ぎ回っていることは承知か」

「ええ、先程も通りの角で待ち伏せしていました」

「平さん、なんて野郎なんですかね」

秀太が舌打ちして、冷えた茶をがぶりと飲んだ。

「正直に答えてほしいのだが、身に覚えはないな」

じっと見る。

「ありません」

お幸はきっぱりと言った。

「ふむ。俺はおふくとも懇意の仲だ。お前を信じている。だがな、受けた疑いは晴らさねばならぬ。だから気を悪くしないで答えてくれ」

「はい」

「先程までお前を待っている間に、なぜあの重蔵という岡っ引がお前に執拗《しつよう》に食い下がっているのか考えていたのだが、お君の話からわかったことは、お前たちが知り合った二人の男のことで重蔵はここに聞き込みにきたらしいな」

「……」

お幸は、はっとして俯《うつむ》いた。

「お君はともかくも、お前はその二人の男のうちの一人と親密な関係なのだと……そうなのか」

「……」

お幸は顔を上げなかった。

膝に置いた手を握り締めたところを見ると、押し込みの一件はともかくも、男のことで何か胸に秘めたものがあるらしい。

「おふくは何も知らないから、なぜお前が疑われているのかとやきもきしていたぞ」

「終わっています。その男の人とのことはもう……」

お幸は小さな声で言った。

「どういう事だね、順を追って話してみなさい」

「……」

「お幸……はっきりしないと、お前たち二人の前途にもかかわる。おふくだって気が気ではあるまい」

平七郎の厳しい言葉に、お幸はようやく顔を上げた。

「去年の正月十六日のことでした。私とお君ちゃんは、気散じに亀戸《かめいど》の天満様に参りました。お神楽《かぐら》を見て、業平《なりひら》しじみを食べて、名物のくず餅《もち》も食べたい、そんなことを考えまして……」

二人はこの日、一番気にいっている着物を着て、昼前には亀戸天神の総門をくぐっていた。

亀戸天神はこの日と夏の大祭にはたいへんな賑《にぎ》わいとなる。

本殿に手を合わせて組紐が一層世に認められるよう祈ると、いったん総門を出て方形の池に架かる太鼓橋《たいこ》を渡った。

太鼓橋は半円の形をした橋のことで、水に映ると円の形に見える橋で、藤の花の咲く頃には、池の周りをぐるりと取り巻いている藤棚の花が興を添え、人々の人気を集めていた。

二度三度と二人は往復して、水に映る自分たちの姿に笑い合った。

しじみを食べ、鮨《すし》を食べ、腹の膨《ふく》れたところで、もう一度本殿に向かった。

神楽を見るためである。

だが、二人が本殿前に立った時には、人々がすでに垣根をつくっていて、神楽は見られそうもない。

人の背中ごしに、あっちに行ったりこっちに行ったりして、どこか潜り込むところはないか探したが、それも諦《あきら》めねばならぬような人の群れ。

そのうちに神楽囃《ばやし》が始まったが、二人は諦めて踵《きびす》を返した。

その時である。人垣から離れた場所で、二人の若い男が神楽の舞をじゃれ合うように舞っていた。

一人は上背のある色の黒い男だった。そしてもう一人は、少し小太りの色白の男だった。

色の黒い男が、

「千歳《せんざい》　千歳　千歳や　千歳や　千年《ちとせ》の千歳や」

と舞うと、もう一人の色の白い男が、

「万歳《まんざい》　万歳　万歳や　万歳や　万代《よろずよ》の万歳や」

と舞う。

お幸とお君は、ほほ笑み合って、そこに立ち止まった。

二人の男は、女二人が立ち止まったのをちらと見ると、一層力強くかけ合いながら舞い始めた。

なを千歳
なを万歳
千歳　千歳　千歳や　千年の千歳や

万歳　万歳　万歳や　万代の万歳や

かけ合う言葉は単調で千年万年の寿を祝うものだが、その二人の舞の絶妙な和が面白かった。

舞ううちに、二人の真剣な表情は、やがて神楽舞を舞う、あの崇高な面つきに変わって行った。

お幸たちは、二人の舞に引き込まれるように、そこから動けなくなっていた。

舞に限らず、お幸は何かに真剣に立ち向かう男の姿を美しく思う。まさにいま目の前にいる二人の男がそれだった。

特に、色の黒い男の切れ長な目が、時折お幸をとらえてくる。

お幸はぞくりとした。

日野屋から出戻ってから、男なんてこりごりだと思っていた。

特に日野屋のお幸の亭主豊之助《とよのすけ》は、人を思いやる心がなかった。

その上、外に女をつくって、それを咎《とが》めれば手を出した。

我《わ》が儘《まま》で勝手な男の生き様を見せつけられたお幸は、もう二度と嫁ぐものか、組紐で身を立てて女一人立派に暮らしてみせると誓っていた。

しかし、目の前で舞う男の姿には、豊之助にはなかった清廉なものが窺《うかが》えた。神楽を舞う懸命さに、お幸は今までにない心の動きを感じていた。

そう思った瞬間、お幸の胸に赤い灯がともったのである。

舞が終わった時、お幸とお君は、誰憚《はばか》ることなくちぎれる程手を叩いていた。

本殿の舞が見られなかった代わりに、思いがけない神楽の舞に巡りあって嬉《うれ》しかった。

一方の男二人も、自分たちの舞に手を叩いて喜んでくれた二人に親近感を抱いたようだった。

どちらからともなく誘い合い、近くの茶店でくず餅を食べながらひとときを過ごした。

上背のある色の黒い男は与七《よしち》と名乗り、錺《かざり》職人だと言った。

小太りで色の白い男は民吉《たみきち》と名乗り、下駄職人だと言った。

共に上州から江戸に出て来ているのだと教えてくれたのである。

「その時はそれで、楽しい一日を過ごせたと、それだけのことでしたが……」

お幸はそこまで話すと言い淀んだ。

やるせない気持ちが、伝わってくる。

「その後でまた会ったのだな……」

平七郎は、その先を促した。

「はい……」

お幸は少し怯《おび》えた顔で頷いた。

――しまった。昔の定町廻りだった頃の、問い詰める顔になっている。

平七郎は苦笑して、

「すまんな、つい昔の癖が出た。お前のことが心配なのだ」

表情を和《やわ》らげた。

「いいのです。わかっています」

お幸も笑みを浮かべようとしたが、わずかに口辺を動かしただけだった。お幸は視線を手元に落として話を継いだ。

「藤の花の咲く頃でした。本法寺《ほんぽう》に仏具の華鬘《はなかずら》に使用する組紐をお届けすることになり、お君ちゃんに頼んだのですが折悪しくお腹をこわして、それで私が参りました時に、ふと三カ月前のことが思い出されて、少し足を伸ばして天神様に参りました。藤の花を見たいと思ったものですから……すると、あの神楽を舞っていた場所に、与七さんがいたのです」

与七は一人で、ぼんやりと藤の花を眺めていた。

お幸はその姿が、三カ月前の、祭りの賑わいの名残を確かめているように見えた。

「与七さん……」

お幸が声を出すと同時に、ふわっと与七がお幸の方に向いた。

そして笑顔で手を振った。

まるであれから時々会ってきたような、なんとなくそんな感じがして、お幸も抵抗なく走り寄った。

だがすぐに、お幸は驚きの声を上げた。

与七は右腕を包帯で吊っていたのである。

「どうしたの、その腕……」

心配して聞いたお幸に、

「なあに、大したことはありやせん。喧嘩《けんか》の仲裁をしてこの通りです。おかげで仕事も出来ずに親方には怒鳴られるし、こうしてここに来て、お幸さんのことを考えておりやした」

悪びれることもなく、すらりと言った。

お幸が用事で近くまで出てきたのだと告げると、じゃあお茶でも飲みましょうといい誘ってきた。

お幸に警戒心はなかった。

頷いて歩き始めてすぐに、与七が行き会う人とぶつかって、

「うっ」

顔をしかめて蹲《うずくま》ったのである。

――この人は、こんな体なのに、来るあてのない私を待っていてくれたのだろうか。

そう思った時、お幸の胸は焼けるように痛かった。

「駄目よ、そんな体で……食事はどうしているんです?」

「もっぱら煮売りのおかずを買ってまさ」

与七は、ことさらに明るく笑った。

「いいわ、与七さん、所はどこでした」

「深川です」

と言う。

「深川の?」

「佐賀《さが》町です。佐賀町に大黒屋《だいこく》という油屋があるのですが、その横の木戸を入った裏店《うらだな》です」

「じゃあこうしましょう。毎日は無理だけど、二日に一度、私が食事を運びます。その腕が治るまでそうします」

お幸は、自分でもびっくりするような事を口走っていた。

「そりゃあいけねえ。申し訳ねえ」

与七は、本当に申し訳なさそうな顔をした。

「いいんですよ、遠慮しなくても……」

お幸はわざと明るく言った。しんみりと言葉を交わすと一気にどうにかなりそうで、恐ろしい気がしたのである。

それから一月《ひと》程の間、お幸は深川の佐賀町に通った。

「平七郎様……」

お幸はそこで顔を上げると、平七郎を見た。

「平七郎様は、私が永代橋で父と母を失ったこと、ご存じですね」

「うむ、聞いている」

「私、しばらくあの橋、渡れなかったのです」

「……」

「怖くて……渡ろうとすると、あの時のことが思い出されて……」

「うむ」

「初めてあの橋を渡ったのは、おふく姉さんとおっかさんが、私を血の繋《つな》がった妹、娘として育ててくれている、その優しさをひしひしと感じた時です。おっかさんは言いました。『辛《つら》いだろうけど前を向いて歩かなきゃ、そうだろ……おっかさんはね、お幸にはいっぱい、いっぱい、夢を見てもらいたいの……そしてその夢を叶《かな》えてあげたいのよ。だからね、勇気を出して生きていかなきゃ……怖がってちゃ駄目、永代橋を渡らなきゃ。渡りながら川に手を合わせなさい。亡くなられたご両親が見守って下さってるのを感じるから……』。おっかさんにこの手を包まれてそう言われて、私はようやくあの橋を渡ることができました」

とはいえ、よほどの急用でもない限り、お幸は永代橋を渡れなかった。

橋の中程に行くと、足が竦《すく》んで深川の方に渡り切るのに難儀したのである。

ところが、忙しい仕事の合間に深川に渡ろうとすると、やはり北紺屋町からだと新大橋に回るのは遠すぎる。そんな時間もない。

初めて与七を訪ねようとしたその日も、お幸の足は橋の手前で立ち竦んだ。だが与七への思いが強かった。

お幸は、意を決して小走りして橋を渡った。

渡ってみると、驚いたことに恐れはどこかに吹っ飛んでいた。

永代橋を渡れたことで、お幸は与七と心が通じ合っていると実感したし、固く結ばれているとも思った。

日野屋の夫に抱いたことのなかった、甘く切ない思いに胸は常に満たされていたのである。

永代橋を渡るたびに、お幸は夢ごこちだったのである。

「そうか、そういう事情だったのか……。よし、怪我《けが》も治ったことだ。うんと稼いで、あの橋の上でお幸さんと一緒に亡くなられたご両親に報告しよう。同じ夢を見て暮らします。一緒になりますと……」

与七は、お幸の橋にまつわる悲しい過去を知った時、そう言ったのである。

──おふく姉さんに、いの一番に報告しないと……。

そう思っていた矢先、与七は突然裏店から姿を消したのであった。

「私、田舎《いなか》に帰ったのだと思いました。故郷にいるおっかさんのこと、気にかけていましたから……おっかさんが急病にでもなって、それで帰ったのだと……でも、それっきり、音沙汰がありません」

お幸は大きく溜め息をつくと、これが与七との関わりの全容ですと言ったのである。

「ふむ。すると、重蔵はその男たちのことを知って問い詰めたのか……そういうことだな」

「いいえ、親分さんはその時の話など知りません。親分さんは、男がいるに違いないなどとしつこく聞いてきたんですが、私何もしゃべりませんでした」

側からお君が打ち消した。

お幸は不安な顔をして言った。

「二人連れの押し込みが、与七さんと民吉さんとでもいうのでしょうか。そんなこと、あるわけありません」

三

「旦那、ちょいと話を聞いては貰えませんか」

平七郎が又平を連れて外出先から帰って来ると、木戸門で待ち伏せしていた重蔵が近づいてきた。

重蔵は薄笑いを浮かべている。こんな男に睨《にら》まれたら、毛穴の一本一本まで調べられる。お幸も嫌な野郎に目をつけられたものだとぞっとした。

「わかった。ここでは何だ、中に入りなさい」

平七郎は憮然《ぶぜん》として言った。

「いや、ここで結構です。どうやら旦那には随分と嫌われているようでございやすからね」

重蔵は言い、また笑った。

平七郎は又平を促して中に入れると、重蔵に向き直った。

「へっへっ、いや、他でもございやせん。例の件でございやすがね。ゆんべまた二人連れの押し込みがあったんでございやすよ」

「ふむ、それで……」

「押し込みにあったのは、深川の今川町《いまがわ》にある醬油酢問屋の山城屋《やましろ》でございますがね。今度は死人が出ましたぜ」

「何……」

「金を出せと脅した時に、通いで下働きをしている爺さんが、表に知らせに出ようとした。これに賊が気づいてもみ合いになった。賊は爺さんを殴りつけた。殺すつもりはなかったんでしょうが、倒れた拍子に敷居に頭を打ちつけて、おっちんじまったんでございやすよ」

「それもお幸が手引きをしたというのか」

平七郎は、苦笑して言った。

「いえ、そうは思っておりやせん。今度のは、あっしの勘では日野屋に入ったが意外に収穫がなかった賊が、昔物色しておいた山城屋に入り直したというところでしょうか」

「どうしてそんな事がわかる?……言ってみろ」

「二件とも賊は二人連れ、いずれの場合も顔は布で覆《おお》っていたらしいが、一人は背が高く、一人は小太りで背が低かったと聞いておりやす」

「……」

「その二人の年格好が、昨年亀戸の天満宮でお幸とお君が一緒にいた男たちと良く似ているんでございやすよ」

重蔵は、亀戸天神でお幸とお君が知り合った与七たち二人のことまで調べ上げたようである。

――しかしどこまで知っている……。

じろりと重蔵の顔を見ると、

「お幸もお君も男などいねえと、あっしに嘘をついたんですよ、旦那。ですが世の中、どこで誰が見てるかわかったもんじゃねえ、そうでしょ、旦那……」

重蔵は冷ややかな笑いを見せた。その笑いの奥に、自分の見立てに間違いがあるものかという、強い自負が窺える。

重蔵は笑みを封じ、真顔に戻すと、わざとらしく平七郎に声を殺して耳打ちするようにして言った。

「実はですね、旦那。品川町にある光彩堂の真向かいに小間物屋があるのですが、そこの若旦那がお幸にぞっこんでしてね。二人が亀戸に遊びに行った時、後を尾《つ》けていたというんです。今日こそは気持ちを打ち明けて、そう思っていたようです。ところが妙な野郎が現れて、お幸はかっさらわれてしまった。若旦那は治三郎《じさぶろう》さんていうんですがね、悔《くや》し紛れに四人に張りついていたというんですから、これほど確かな証言はねえ。治三郎さんがおっしゃるのには、二人の男のうち、のっぽの方は、一年前まで佐賀町に住んでいたということですから、佐賀町といやあ、今川町の山城屋は隣町になる。通行人のふりをして下調べをすることぐらいなんということもねえ……そういう訳ですから旦那、お幸には男がいますぜ」

「その者がお幸の男かどうかは別にして、重蔵、それだけで、押し込みの犯人だとは言い切れまい」

「いや、他には考えられねえ。日野屋に押し入った時、賊は匕首《あいくち》で脅して店の者を一カ所に集めたらしいんですが、住み込みの女中がまだ一人いるだろうと騒ぎ出した。出てこなかったら、一人ずつ殺すとね……その女中は台所の戸棚に隠れていたらしいんだが、その一声で出てきたということですぜ。それと、店を終《しま》ったら金箱は主の部屋に運ぶことになっていたらしいが、それも知っていたというんです。主を部屋に連れて行って、金箱を出させたというんですから……こいつはよっぽど日野屋の事情に明るい者が教えたに違いねえ……そうでございましょ」

「……」

「旦那は不服のようですが、あっしはお幸が賊たちを、どこかに匿《かくま》ってるに違いねえと踏んでおりやす。残念ながらまだ詰めは甘い。ですがきっとつかんでみせやすよ。旦那も関わり合いにならねえ方が身の為《ため》というものです。僭越《せんえつ》ながらお知らせした方がよいかと存じましてね、へい。話というのは、そういうことです」

お手間をとらせましてと、重蔵はわざとらしく丁寧な物言いをして帰って行った。

――まさかとは思うが……。

重蔵は、ただの空想や思い込みで言っているのではない。

平七郎の胸を、静かに、得体の知れない黒いものが覆い始めていた。

「何、押し込みの一件を調べたいだと……非番だというのに感心なことだな、平七郎」

与力の一色弥一郎は、吟味方与力としてあてがわれている部屋で焙烙鍋《ほうろくなべ》を五徳にかけ、大豆を煎《い》っていた。

竹の箸で、じゃらんじゃらんと大豆を捌《さば》きながら、目の前に座った平七郎をじろりと見た。

北町の奉行所は非番の月で正門は閉じているが、脇門は開いていて緊急を要する訴えは受けつけている。

しかも吟味方与力ともなれば、当番月の訴訟の決裁や調べは引き続いて手がけているから、非番の月といっても出仕しなければならない。

ただ、当番月のような騒がしさは奉行所にはなく、慌ただしい同心の出入りもないから、一色は机の上に書類を積み上げたまま、豆煎りに熱中していた。

一色は炭火を見ると、何か焼きたくなる癖がある。この前部屋に立ち寄った時には、はまぐりを焼いていた。

「ちょっと待て、いま煎り上がる。知っているか？……大豆はな、頭の回転をよくするらしいぞ」

「はあ……」

「うまいぞ、今食わしてやる」

「いえ結構です」

「まただ、遠慮するな。子供の頃に食べたであろう」

「それはそうですが……」

いったい、何の用事で来たのかと、苦笑しながら見守っていると、パチパチッと大豆が焙烙鍋から跳ねた。

「うわっ」

一色はびっくりして、後ろにひっくり返った。

「一色様」

平七郎は、急いで火鉢の側に寄ると、焙烙鍋を近くにあった布巾《ふきん》で押さえて五徳から下におろした。

「やっ、すまぬ。ついでにこの皿に入れてくれ」

一色は言う。

平七郎は、しぶしぶ豆を皿に移した。

一色はそれでようやく落ち着いたのか、

「何だ、もう一度話してくれ」

膝を直して平七郎を見た。

平七郎が、重蔵から聞いた二件の押し込みの話をすると、

「その一件、三年前から北町が探っていた押し込みだな。間違いない」

というではないか。

豆の効き目か今日は事件の覚えも快調の様子である。

「と、申しますと……南の探索が初めてではない、そういう事ですね」

「そうだ。南は気づいているかどうか『連れ鼠《ねずみ》』の仕業だな」

「連れ鼠……」

「ちょうどおぬしが橋廻りに移ってまもなくだった。二人組の押し込みが二、三カ月の間を置いて数度にわたって行われた。一人は背が高く、もう一人は小太りで背が低い。金を出せと脅す声も突きつける匕首も震えていて、平気で人を殺《あや》める凶暴な押し込みとは違う臆病な二人組だ」

「……」

「巻き上げて行く金も些少《さしょう》で、あるお店の番頭が五十両を差し出したところ、十両だけとって返却したそうだ。間抜けというか、滑稽《こっけい》というか、それで北町では連れ鼠と名づけている」

「すると何ですか、その二人の素姓についてですが、何かつかんでいるのですか」

「いや、いま一歩というところで逃げられたのだ。ぷっつりと消息を絶ったのだ」

「いつのことですか、それは」

「去年の正月の月が最後だな」

平七郎は、俄《にわか》に緊張して行くのがわかった。

「一色様、突然姿を消した原因は何だったのですか」

「怪我だな。連れ鼠の一人が腕に怪我を負ったのだ」

「のっぽの方ですか、ちびの方ですか」

「のっぽの方らしい。去年の正月に押し入ったのは、神田の材木商『和泉屋《いずみ》』だったが、和泉屋の主は普段から腕っ節を自慢するような男だったから、隙《すき》を見てのっぽに組みついたらしいのだ。匕首を奪い合ううちに、のっぽの右の腕を折った」

「……」

平七郎の脳裏には、お幸から聞いた怪我をした与七の姿が目に浮かんだ。

一色は豆をぼりぼり食べながら言った。

「それでも連れ鼠はなんとか逃げおおせたらしいのだが、数日後、和泉屋の主が浅草寺で腕を布で吊っているのっぽの男と偶然出会った。男は和泉屋の主を見て走って逃げたと聞いている。それからだな、押し込みが途絶えたのは……」

「すると和泉屋の主は、のっぽの顔を見ているのですね」

「そうだ。色の黒い男で、細長の目のきりりとした男だったと言っていたな。まてよ……人相書きがあったかもな。一度例繰方《れいくり》に聞いてみるといい」

「わかりました、そうします」

「おそらく、しばらく江戸を離れていたが、ほとぼりが冷めるのを待って立ち戻り、また押し込みを始めたということだろう」

連れ鼠か……平七郎は呟《つぶや》いた。素人じみた手際をからかわれてそんな異名をつけられたとはいえ、人を殺めたとなれば、奉行所の探索も厳しくなる。捕まれば死罪はまぬがれまい。

お幸のためにも連れ鼠が与七たちかどうか、早急に調べ上げなければならなくなった。

平七郎は、暗い面持ちで奉行所を後にした。

四

「ここに呼び出したのは他でもない。もう少し与七のことについて聞きたいと思ったのだ」

平七郎は、お幸を亀島《かめしま》橋の西袂にあるしるこ屋に誘うと、やんわりと与七の名を出した。

しるこ屋からは、霊岸《れいがん》橋川が見え、荷物を山積した船が列をつくって通って行くのが見える。

鉄砲洲《てっぽうず》に停泊している廻船に積み荷を運んでいるのである。

陽差しはあたたかく、橋の袂に植えられた一本の山藤が、無数の紫の花をつけて垂れ下がっていて、船の列はその向こうを流れるように行く。

平七郎もお幸も、河岸通りに横顔を見せるように座っているから、お幸にも昼過ぎの川筋の賑わいは見えている筈だった。だが、この店に入った時から、お幸は俯いたままだった。

お幸は、なぜ平七郎に誘われたのか承知しているようだった。

「お幸、お前は与七の怪我を知り、長屋に通っていたと言ったな」

「……」

お幸は俯いたまま、頷いた。

「怪我の状態はどういうものだったのだ。切り傷なのか、骨を折ったのか」

「骨です。前にもお話ししましたが、喧嘩を止めに入って、それで」

「左腕か、右腕か」

「右腕です」

お幸はすぐさま答える。だが声は小さかった。早くここから解放されて出て行きたい、そんな表情がありありと見える。

数日前に久し振りに会ったお幸はしっとりとして、一段と大人の女の落ち着きが見られたが、今日は一転して幼子がいつ叱《しか》られるのかとびくびくしているような感じである。

「それで……突然国元に帰ったのは母親の病気が重くなったからではないかと言っていたな」

「はい。常々そのように言っていましたから」

「ふむ。しかし、もう一人の民吉も帰ったんだな」

「民吉さんもおっかさんが転んで足の骨を折ったのだと」

「ほう、それでは二人とも一緒に帰ったというのか」

「さあ、それはわかりませんが、同じ村だと言っていましたから、多分一緒に帰ったのだと思います」

「妙だな。そんな申し合わせたような理由で、二人一緒に田舎に帰るなどと、おかしいとは思わなかったのか」

「はい……親の体が元気になったら帰ってくるって言っていましたから……」

「だから疑いもしなかった」

「はい」

「実はな、お前には気の毒だが、二人にはこういう嫌疑がかかっている」

平七郎は、一色から聞いた話をして聞かせた。

だがお幸は、

「そんな筈はありません。与七さんはそんな人ではありません。私が与七さんの長屋で見た暮らしは、決して何両もの大金を手にした人の暮らしではありませんでした。まだ修業途中の錺職人のつましい暮らしでした。あの人が私に嘘をついていたとは、とても思えません」

お幸は顔を上げると、懸命に与七を庇った。

――お幸は心底与七に惚れている。

平七郎は、顔色を変えて反駁《はんばく》するお幸を見て思った。痛々しい限りである。

とはいえ、押し込みの犯人が与七なのかどうなのか、その真実を確かめることはお幸の為だと平七郎は思っている。追及の手を緩めることは出来なかった。

「お幸、ではなぜ、その後なんの連絡もないのだ……一緒になろうと約束したのではなかったのか？」

「……」

お幸はまた口を閉ざした。

お幸の脳裏には、誰にも言えないひとつの光景が蘇《よみがえ》っている。

それは、腕に巻いていた包帯を取った日のことだった。

夜食を持って駆けつけたお幸に、与七は首から吊っていた布を取り、腕に巻いていた添え木を取った。

そして、息を呑《の》んで見守るお幸の前で、指を動かした。

握り締めて、また開く。何度も繰り返した。

「与七さん……」

喜びがじいんと込み上げてきた。

「よかったわね、与七さん」

もう一度呼びかけた時、その手がぐんと伸びてきてお幸の腕をつかむと、いきなり引き寄せた。

「あっ……」

お幸は、与七の胸に抱き留められていた。

「お幸さんのお陰だ……」

与七は言った。そのあたたかくて切ない息が、お幸のうなじをなでていった。

「いけません」

お幸は、小さい声で言い、もがいてみせた。熱い血は、与七を欲していた。が、一方でいわれぬ不安に包まれていた。それはこの一月《ひと》、与七に接してきたお幸の勘のようなものだった。お幸の心の中では二つの思いが交錯していたのである。

「わかってるよ、お幸さん……永代橋の上から亡くなられたご両親に手を合わせて……それまでは……」

与七は切ない声で言い、お幸をぎゅうっと抱き締めた後、強い力でお幸を放すと、立ち上がって土間に走り下りた。水桶の蓋を乱暴に取り払って、ひしゃくで水を飲み干すと、両手で桶の縁をつかんだまま、ぐっと睨んだ。

「ごめんなさい、与七さん……」

お幸は俯いて謝りながら、与七の葛藤の奥にあるものを推しはかりかねていた。

与七がいなくなったのは、その翌日だったが、田舎の事情は聞いていたから、きっと上州に帰ったのだろうと信じていた。飛脚便が届くような所ではない。待つしかなかった。だがもう、お幸は与七とのことは諦めていた。

「お幸」

すっかり黙りこくってしまったお幸に、平七郎は声をかけた。

「これは奉行所から預かってきたものだが、見ておいてくれ」

平七郎は、一色から預かってきた、腕を怪我した男の人相書きを出した。

「……」

お幸の顔が、みるみる強張っていく。だがお幸は、激しく首を振って否定した。

そのお幸の変化を、平七郎は決して見逃したりはしなかった。

平七郎は、黙って人相書きを懐に入れた。


与七の親方、錺職の金富《かねとみ》は六軒堀《ろっけんぼり》の裏店に住んでいた。裏店といっても間口が一間半もある二階屋だった。

金富は、還暦《かんれき》はとっくに過ぎた白髪の痩《やせ》老人で、平七郎が訪ねて行った時、台の上に顔をかぶせるようにして鑿《のみ》をつかっていた。

「とっつぁん、邪魔して悪いが、与七のことで聞きたいことがあるんだが……」

平七郎が土間に立ってそう告げると、

「与七……ここにはもう来ていねえが、与七がどうかしたんですかい」

窪《くぼ》んだ目で焦点を合わせるような視線を送ってきた。

「俺は北町の者だが、与七が懇意にしていたお幸の知り合いだ。実は妙な噂があって、それを確かめたいのだが、与七の故郷は上州というのは間違いないのか」

上がり框《かまち》に腰をかけて金富に聞いた。

「へい。上野《こうずけ》の国高崎《たかさき》藩の山の中、稲村《いなむら》というところでございます」

「とっつぁんのところにやって来たのはいつの頃だ？」

「五年めえでございやすよ。あっしの知り合いに生絹《きぎぬ》の仲買人がおりやしてね、手に職をつけたい者がいるというので、ここに連れてきたんでございやすよ」

「ほう……それで、与七の腕は物になったのか」

「勘のいい男で、修業を積めばいい腕になると思って見ておりやした。あっしもご覧の通りの年頃で、いつまでこの仕事を続けられるかわかったもんじゃねえ。まっ、家族といったって婆さんだけだが、目の黒いうちに与七を一人前にするつもりでいたんですが……」

金富は、途方にくれた顔をした。

「すると、とっつぁんも知らなかったんだな。突然田舎に帰って行くなどということは」

「へい……田舎に帰るのだとここに旅姿で現れた時には、びっくりいたしやした。ですが前々から母親が病気がちで田舎の暮らしが大変だということは、こっちもわかっておりやしたから……なにしろ、手間賃もほとんど仕送りしていたような按配《あんばい》で、何か田舎で余程の心配ごとでもおきたのだろうと、あっしはそんな風に思っておりやした。ところが、帰ったっきり戻ってこねえ。あいつはそんな人間じゃあねえんですがね……」

「旅姿でここに現れたのは、一年半程前のことだな」

「へい……旦那、その妙な噂とは、まさか町方に追われるような、そんな噂でございやすか」

　金富は、不安な顔を向けた。

「まあそうだが、まだ決まった訳ではない」

「……」

「いや、邪魔をした」

　平七郎は腰を上げた。

「旦那」

　踏み出そうとした平七郎を、金富が呼び止めた。

「何の嫌疑で追われているのか知りやせんが、償《つぐな》える罪なら償って、そして、この金富のところに戻ってこい。そう、伝えて頂けやせんか」

「とっつぁん……」

　平七郎は頷くと表に出た。

長屋の木戸口まで引き返して来ると、おこうが待っていた。

おこうは、民吉が世話になっていた八名川《やながわ》町にある下駄職人、万蔵《まんぞう》を当たってくれていた。

「平七郎様、やはり民吉さんも、唐突に田舎に帰るんだと言ってきたそうです」

「そうか……」

「万蔵さんの話では、借金のために苦境に泣いている妹がいる。妹を助け出すためには自分が頑張らなくてはなどと言っていたそうです。ですからおっかさんを見舞ったらすぐに戻ってくる、万蔵さんも、そんな風に考えていたようですが……」

「ひょっとして妹はこの江戸にいるのかな」

歩き出してすぐにそう思った。

民吉の妹がこの江戸のどこかで暮らしていれば、妹を突つけばたいがいの見当はつくだろうと思ったのである。

だが、おこうの返事は、

「詳しいことはしゃべらなかったようですからね。苦境とはなんなのか想像はできますが、はっきりしたことはわかりません」

「うむ……妹のことが本当なら、おこう、二人とも押し込みに入るだけの動機はあるな」

「ええ。でもだからと言って、盗みに手を染めるとは決まっていません」

「むろんだ。少なくとも、こたびの事件が起きた折に、二人が故郷にいたという証言がとれれば問題はない。そうなれば二人はシロだ」

平七郎は言った。言った瞬間、ひとつの決心を固めていた。

五

翌日、平七郎は上州高崎の稲村をめざして山の裾野を歩いていた。

昨日おこうと別れてすぐに、平七郎は定橋掛の上役で与力の大村虎之助に会いに行った。

大村は役宅の庭で、一粒種の十歳の息子に凧《たこ》をつくってやっていた。

平七郎が、二日ほどの高崎行きを願い出ると、大村はその趣旨を聞いた後、即座に承諾してくれたのである。

非番とはいえ、いつ何が起こるかわからないのが同心である。

許可を貰わずして、勝手に御府内の外に泊まりがけで出かけることは、他の幕臣同様禁止されていた。

「何かあった時には平塚に申して下さい。そうすれば平塚が手をつくして連絡してくれることになっておりますから」

平七郎はそう言った。実際、秀太にはお幸の監視を頼んでいる。

与七が稲村にいればいいのだが、もしも江戸のどこかに潜《ひそ》んでいた場合、お幸にいつ会いに来るとも限らないのである。

また、あの横柄で強引な重蔵という岡っ引から、お幸を守るという役目もあった。

むろんおこうが手助けすることになっているが、お役目で緊急の用事が出来た時には、久松《ひさまつ》町で道場を開いている上村左馬助《うえむらさまのすけ》に、平七郎への伝達を頼むように伝えてあった。

今の平七郎には探索はお役目ではない。万端ぬかりなく手配をしてから、今朝早く、辰吉を連れて上州までやって来た。

高崎の町の外れに、一応宿もとってある。

そうして平七郎は宿の主から聞いた道を上ってきた。

これまでの道の両側には、田畑が広がっていた。田は稲の苗を植えたばかりで、畑はあちらこちら耕したばかりの黒い土が肌を出していた。田舎特有の、草の香りと土の香りが、平七郎には新鮮で、こんな用事で来るのではなく田舎の空気を楽しめたらと、そんなことを考えながら歩いてきた。

だが、平七郎は、はたと立ち止まった。

「旦那、右だと思いますか。それとも左ですかね」

辰吉も立ち止まって左右を見ている。

道が二つに分かれていて、一方は山の中に伸び、一方は山の裾野を這《は》うように抜けている。

右の道は里の田畑を縫う里の道で、左の道は山路であった。

「稲村という名の村だ。右の道だろうな」

平七郎が言った時、

「もし、お武家様、稲村はこの山ン中でございますよ」

背中に桑の葉が繁《しげ》った枝を背負った女が言った。

——そういえば、金富の話では、与七は山の中から江戸に出てきたと言っていたな……。

「やっ、助かった。間違えるところだった」

平七郎が菅笠を上げて笑みを送ると、女は日焼けして血色のよい顔で、ははと大口を開けて笑った。

そして、首に巻いているねずみ色になった手拭いの端をつかんで、首の周りを乱暴に拭

くと、

「俺《おれ》も稲村の者だで、これから村に帰るところだ。よそ者はみんな稲村と聞いてきて騙《だま》されるべ。はっはっは……、本当は稲など一粒もとれねえ村なのによ。村の名前はさ、村人の願いをこめてつけてるべ」

二人の旅人が村の名前で道を間違えそうになったのを、楽しんでいる風だった。女は胸を張って笑った。

「なるほどな、そういうことか。じゃ、村は何をつくって暮らしているのだ」

「長話になるから、歩きながらでいいか」

女が言った。

「ああ、すまぬ」

「じゃ、俺の後ろからついてくるべ」

女は言い、先にたって大きな尻で、拍子をとるようにして歩き始めた。

「では、稲村に連れて行ってくれるのか」

「当たりめえだ。俺は稲村の者だと言ったろ」

女は突然振り返った。

その拍子に、桑の枝がぶんと回って、平七郎の顔にもう少しで当たるところだった。

女はまた前を向いて歩きながら、顔だけ時々後ろに振り向けるようして、

「村で穫れるものは、麦、それに大豆、稗《ひえ》、粟《あわ》だろ、それと後はお蚕《かいこ》飼《か》って、糸を紡《つむ》いで布を織るのさ。炭を焼いてる人もいるけどね。ところでお武家様、稲村のなんという家を訪ねるのかね」

「与七の家だが、知っているのか」

「与七……ああ、地蔵前の与七だね」

「地蔵前？」

「家の横っちょに、お地蔵さんが立ってるから、皆地蔵前のってつけるんだ」

「なるほど」

「おくらさんとこの長男だべ」

「おくらというのか、母親は」

「そうだよ。おくらさんは亭主亡くして、与七を頭にごろごろ五人の子供を残されて、食う物も食えねえような暮らししてたんだけど、なあに、子供は宝だねえ。今じゃ村一番の幸せ者だってば」

女は、足を踏み締め踏み締め、与七の仕送りが家族を助けてきたのだと言った。

女は、与七の家族構成についてもしゃべってくれた。

それによると、母親のおくら、与七が頭で下には順番に並べると、卯之助《うのすけ》、おもと、八助《やすけ》、おかんといるらしい。

「おかみさん、その与七だが、家に帰ってきてるんだろ」

辰吉が、女の前にひょいと回って顔を覗いた。

「まさか、今言っただろ。仕送りが家族を助けてるって」

「へえ、じゃ、与七の家に行ったって、会えねえのか」

「あらま、与七に会いにいくだべか」

女は立ち止まって、辰吉をまじまじと見た。

「久し振りにどうしているかと思ってね」

「こんなところに帰ってきたって、仕事がある訳じゃなし」

「だって、おふくろさんの具合がよくねえと……」

「そりゃあ体は弱いのは弱いけど、いつの話だ……まっ、行ってみりゃあわかるけど何も変わったことはねえべ」

雑木林を抜けると、どこからか笛や太鼓が聞こえてきて、目の前に小さな集落が見えてきた。

「もうすぐ祭りだ。豊穣を祝う祭りがあるでよ」

女はそう言うと、あの右の端の家が地蔵前の与七の家だと教えてくれた。

「じゃ、俺はこっちだから」

女は、左手の方に歩いて行った。

なるほど、稲など実る筈もない村の様子である。

家の周りに僅《わず》かな畑が見えているが、村を囲んでいるのは山肌で、その斜面には桑の木がびっしりと植わっていた。


「おくらさん？……おくらさんは卯之助さんたちと朝から山に薪《たきぎ》取りに行ったから、日が暮れるまで帰ってこねえべ」

与七の家の留守を知って途方にくれていた平七郎と辰吉に、初老の男は怪訝な顔をして言った。

男は鍬《くわ》を肩に担いでいて、腕には青菜を抱えていた。

「与七に会いに来たんだけどしょうがねえな。じゃ、民吉の家はどこだか教えてくれねえか」

辰吉は、二人の友人のような口振りで民吉の家を聞いた。

「民吉の家ならあっちの方だ。ほら、家の前に筵《むしろ》を拡げている家があるべ、あそこが民吉の家だ」

「ありがとよ、とっつぁん」

「でも、二人とも村にはいねえぞ」

「らしいな。だがせっかく来たんだ、家族の者に挨拶《あいさつ》ぐらいして帰りてえと思ってたのさ」

「民吉の家の者ならいる筈だ」

男は行きかけて、

「そうそう、与七の妹のおもとちゃんなら神社にいるべ。もうすぐ祭りだから社殿の掃除をしている筈だ。行ってみろ」

男は笛太鼓のする方に顎《あご》をしゃくると、野良で鍛えた確かな足取りで去って行った。

「辰吉、お前は民吉の家に行ってみてくれ。俺はおもとに会ってみる」

平七郎は辰吉を民吉の家にやると、菅笠をとって神社に向かった。

武家の旅姿というだけでも物珍しがられそうなこの村を、笠をかぶって横行すれば、村人は恐怖さえ覚えるかもしれないと思ったからだ。

いや、それに、与七の家族や民吉の家族が、平七郎たちが去った後で、村の者たちから白い目でみられないようにという配慮があった。

こんな貧しい小さな村で、二つの家族が村八分にでもされたら、路頭に迷うどころか生きてはいけないだろうと考えたのだ。

村人二人の話から、与七と民吉がこの村に帰っていないという事は確かである。押し込みの犯人、連れ鼠の疑いは濃くなっている。

しかし、もしも二人が犯人だとしても、江戸の暮らしに眼がくらんで己の欲望を満たすための所業ではないという気がした。やはり根はこの貧しげな村にある……そんな思いが平七郎の胸の内を去来した。

罪は罪だが、この村から家族が追い出されるようなことだけは、してはならないと思っている。

平七郎は、旅の途中でふらりと思い立ってこの村に来た、そんな顔をして、はこべや雑草が点在する道を踏み締めながら歩を進めた。

やがて集落の一番高い位置にある広場が見えた。

一段と笛や太鼓の音が大きくなって、色あせた『稲村神社』の旗が数本、はためいているのが見えてきた。

神社は、その広場の大きな榎《えのき》の木の下に建っていた。

そっと覗くと、野良着のままで、若い村人が神楽の稽古《けいこ》をしているのが目に飛び込んできた。

千歳　千歳　千歳や　千歳や　千年の千歳や
万歳　万歳　万歳や　万歳や　万代の万歳や

お幸から話に聞いていた、あの神楽の舞だった。

平七郎の脳裏に、与七と民吉の姿が村人に重なった。

また、数人の女たちが社殿を雑巾がけしているのが見えた。その中に、十七、八の娘が一人いる。おもとに違いなかった。

娘が顔を上げてふとこちらを見た。

平七郎は頷いてみせた。

怪訝な顔をしながらも、娘は側にいた中年の女に断って、草履をつっかけて走って来た。

「あの、私にご用でしょうか」

色は黒く、健康そうな娘だった。

「与七の妹のおもとだな」

平七郎は念を押すと、与七の近況を聞きたくてやって来たのだと告げた。

「お武家様が兄さんの何をお知りになりたいのでしょうか」

おもとは不安な顔をして言った。

鄙《ひな》には珍しいきちんとした応対が出来る娘だと思った。

「いや、俺の知り合いに与七と親しくしている女の人がいるのだが、与七が田舎に帰ってから随分になる。もう江戸には戻ってこないのかとやきもきしておってな、それで、近くの町に来たついでに立ち寄ってみたのだが、与七はここには帰ってきていないようだな」

「はい」

「今どこにいるのだ」

「わかりません」

「何……こちらにも便りはないのか」

「この間お金を送ってくれましたが、それは江戸に出た絹の仲買人の人が預かってきてくれました。その前は、一年程は中山道《なかせんどう》の宿場町から人づてに便りがありました」

「何、中山道とな」

「はい……兄さんは親方のご用で旅に出たのだと手紙には書いてありましたが、あの、それが何か……」

おもとは説明しながら、俄《にわか》に顔を強張らせた。兄を訪ねてきた武家が、単に兄の消息を聞きに来たのではないと悟ったらしい。

「兄さんは随分と家に仕送りしてきているらしいな」

「ええ」

おもとは平七郎を見つめたまま、怯えたような声を出したが、

「だって、兄さんの仕送りがなかったら、家族は飢え死にしてました。私も、民吉さんところのおしのちゃんのように、どこかの宿の飯盛女に売られていたと思います」

「そうか、民吉の妹は宿場に売られたのか」

「ええ、仲良しだったんです私、私がこうして、里の寺子屋にも通い、おっかさんと一緒に暮らせるのも、みんな兄さんのお陰なんです」

「ふむ」

「お武家様、兄さん、何か悪いことでもしたのでしょうか」

おもとは、きっと見詰めてきた。

「いや、まだそうと決まった訳ではないのだが……」

平七郎は、連れ鼠と呼ばれる押し込み二人組が、与七と民吉ではないかと疑われているのだという話をし、また、与七には互いに慕い合う女がいて、自分はその女の知り合いだ

とも告げた。

「かわいそうな兄さん……」

おもとは顔を覆った。

しばらく肩を震わせていたが、はっとして顔を上げ、

「このこと、母や兄弟には内緒にして頂けないでしょうか。もし兄さんが罪人だった場合は、私兄さんは死んだと、何かの事故で亡くなったと伝えます。母は体が弱いんです。お願いします」

おもとは手を合わせて平七郎を見た。

六

「お幸、今話した通り、与七は連れ鼠かもしれぬ。お前には気の毒だが覚悟を決めて、町方の探索に協力してくれぬか」

平七郎は、お幸の住む仕舞屋を訪ねると、呆然として座るお幸に言った。

隣の仕事部屋には、お君が息を殺して座っていた。

そして、平七郎の隣には、ずっとお幸を見張っていた秀太がいた。

稲村から帰ってきた平七郎は、秀太から重要な報告を受けていた。

それは、平七郎たちが稲村で与七と民吉の消息を調べていた頃、夜陰に紛れてお幸に手紙を届けてきた者がいるというのであった。

秀太がその者に気づいたのは、近くの飯屋で夜食をとって引き返してきた時だった。

偶然、仕舞屋から出てくる男を実見した。

すぐに追っかけてその男の腕を捕まえたが、男は頼まれて手紙を届けに来ただけと言った。

男は歯磨き売りだった。近くの橋の袂で過分に手間賃を貰って、夜になってから届けるように頼まれていたらしい。

秀太はすぐにお幸を問い詰めたが、お幸は知らないとつっぱねた。

その話からして、平七郎も秀太も、お幸は与七の居場所を知っている、二人は通じているのだと考えている。

だがお幸は、平七郎が稲村での調べを話してやっても口を開こうとはしないのである。

「お幸」

ついに平七郎は、厳しい声を上げた。

「お前は、おふくのことを考えたことがあるのか。お前のしあわせをずっと願ってあの橋の袂で頑張ってきたおふくのことを……」

「……」

「おふくだけではないぞ。お前を慕ってついてきているお君はどうなる」

「……」

「世間を敵に回すようなことだけは止めろ」

「……」

「与七から連絡があったんだな……そうだな」

平七郎は念を押した。

「いいえ、そんなものはありません」

お幸は、きっとして見返した。

「もしあったとしても、私は与七さんを町方に売るような真似《まね》は出来ません」

きっぱりと言う。

お幸の気持ちは梃子《てこ》でも動きそうにない。

「お幸、来るのだ。お前に見せたいものがある」

平七郎は立ち上がると、お幸を促した。

平七郎はお幸を深川の今川町にある裏店に案内した。

木戸を入ると、棟割長屋が路地を挟んで両脇にある。屋根は板葺、壁も簡単な焼屋造りであった。

かなり老朽化した長屋で、壁の下見板《したみ》が反り返り、しかも穴があいた壁は、拾ってきた間に合わせの板で塞いでいる。

いずれも間口九尺、奥行二間の長屋であった。

それでも狭い路地に子供たちが溢れていた。

子供たちは、鬼ごっこや縄跳びをして遊んでいた。

だが一人だけ背中に赤子を背負い、仲間の遊びを羨ましそうに見ている女の子がいた。

歳はまだ七、八歳かと思われた。

背中の赤子の足が女の子の後ろ足の膝辺りまで垂れている。

子を背負うのは重労働である。女の子は痩せていて、とてもそれに耐えられる体つきではなかったが、歯を食いしばるようにして立っていた。

「あの子は、お咲《さき》というのだが、つい最近孤児になった」

平七郎は女の子を見ながら、ついて来たお幸に説明した。

「何故孤児になったのか、わかるか？」

「いえ」

お幸は首を横に振った。

「あの子は両親に死なれて、祖父に育てられていた。その祖父はな、今通って来た大通りに店を張る醬油酢問屋の山城屋に下働きに行っていた」

「……」

「つい数日前までは、貧しくても祖父がいて、あの子は人並みの暮らしをしていたんだ。ところが山城屋に押し込みが入った。爺さんは誰かに知らせようと賊の隙を見て表に飛び出そうとしたのだ。しかし、それを賊に見つかって殴られた。若い賊と歳のいった爺さんでは、驚くほど力の差があるものだ。賊はそこまで考えなかった。押し込みをして捕まれば死罪だ。賊は爺さんを制することに必死になって思いきり殴ったのだ。爺さんは倒れた拍子に頭を打ちつけて死んでしまったのだ」

「……」

「賊は殺すつもりはなかったと俺も思う。しかし、殺しは殺しだ。爺さんは死んだ。ひとりぼっちになったあの子は、隣近所の人たちから施しを受けなければ生きていけなくなったのだ……お幸、もうあの子は、遊びたくても皆と同じように遊べなくなったのだ。お前と同じだ。いや、お前はおふく親子に助けられたが、あの子はあの通り、子守りをして生きているのだ……」

「平七郎様……」

お幸のしめった声に、顔を向けた平七郎は話を止めた。

お幸は泣いていた。

「お幸」

平七郎が覗くようにして言った時、お幸は踵を返して小走りに走り去った。

「平さん……」

木戸口から秀太が頷くと、すぐにお幸の後を追った。

お幸には辛いことだったかもしれぬ。だが平七郎には黙って目をつぶることは出来なかった。

お幸はおふくの妹である。平七郎だって辛い目に遭わせたい訳がない。

しかし——。

同心として、賊の行いを黙って見過ごすことは出来ないのであった。

「お幸、お前何を言っているのかわかっているの？……私と縁を切ってくれなんて、縁を切ってどうするの」

おふくは、髪を乱して帰って来たお幸を板場の裏の小部屋に入れた。突っ立っているお幸の肩をつかんでそこに座らせ、自分も膝をつき合わせるようにして座った。

店はまもなく閉店時刻で客は数人残っているが、板前と源治に後を頼んだ。突拍子もない話を持って帰って来たお幸と、じっくり話をしようと思ったのである。

おふくは、いつになく厳しい顔でお幸を見た。

「姉さん、平七郎様に聞いているんでしょ、私のこと……」

お幸は、おふくの顔を窺うような目をして言った。

「平七郎様には私からお願いしたんですよ。実はね、ここに恐ろしげな岡っ引がやってきて、お前が押し込みの手引きをしているんじゃないかって、そんな目茶苦茶なこと言うもんですから……。お前はそんな人間じゃない、そうでしょ。お前を信じているからこそ、確かめて頂くように平七郎様にお願いしたんじゃない」

「姉さん、その人……岡っ引に追われている人は与七さんていうんだけど、平七郎様の調べでは、押し込みの、二人組のうちの一人に違いないって……」

「お幸……」

おふくは絶句した。

平七郎からその後の話はまだ聞いてはいなかった。ああやっぱりお幸は無関係だったのだと思い始めたところだった。

ところが、自分が押し込みに関係していないにもかかわらず、姉の自分と縁を切りたいなどと言ってきたのには、余程の事情があるのだと咄嗟《とっさ》に思ったのである。

先を聞くのが恐ろしかったが、

「でもお幸、お前は押し込みの手引きなんてしていないんでしょ」

尚《なお》も念を押した。

お幸は、こっくりと頷いた。

「だったら何も、お前が慌てることないじゃないか」

「私、姉さんに迷惑かけたくないんです」

「馬鹿言ってんじゃないよ。どうしてそれが迷惑なのよ。お前は何も関係なかった……」

「いいえ」

お幸は、首を横に振った。

「関係あるんですよ、姉さん……私、与七さんとは一緒になろうって約束した仲なんです」

「お幸……」

「姉さんには黙っていたけど、実はね、姉さん……」

お幸は、与七と初めて出会った頃の話や、怪我をした与七の看病に通った話を手短にした。

　しかも平七郎が稲村まで出かけて行って、与七のことを調べた結果、押し込みの疑いが濃くなったという話もした上で、

「私、それでも与七さんのこと好きなんです。どう考えても与七さんが好きなんです」

　お幸は、切ない目をして言ったのである。

「お幸……」

　おふくは唖然として言った。

　狐に化かされたようなお幸が哀れだと思った。

　お幸は震える声で話を続けた。

「この世の中の、全ての人があの人をどう言おうと、私だけは信じてあげたいのです」

「お幸、お前の気持ちはわかるけど、真実は一つしかない、そうでしょ。与七とかいう人にはやむにやまれぬ事情があった。そうかもしれない。だけど、そんな事は理由にはならないんだから、悪いことは悪いことなんだから……」

「……」

　だが、お幸は激しく首を振って否定した。

「まさかお前……まさかその人と一緒にこの江戸から逃げようなんて考えているんじゃな

いでしょうね」

「……」

「お幸」

「姉さん、この先は何にも聞かないで……何も聞かずに私と姉妹の縁を切って下さい。お願いします」

お幸は、畳につっぷした。

「ほんのいっときでいい。あの人と一緒に暮らしたいのです」

「何を言っているのかわかっているの、お幸……与七さんが犯人なら、そんな、お前が考えているような暮らしが出来る訳ないじゃないか。それに、私がそんなこと許せると思っているの。目を覚ましなさい」

「姉さん、私はね、私、あの人の荷物を一緒に背負ってやりたいんです」

「馬鹿！」

おふくは、いきなりお幸の頰《ほお》を、思いきり張った。

「何するのよ！……人を好きになったことのない姉さんに、今の私の気持ち、わかる訳ないじゃない」

「冗談じゃないよ、私だってね人間なんだから、女なんだから……でもね、あんたは煩《わずら》わしいと思うかもしれないけど、私はお前のしあわせだけを願ってきたんだ。お前のご両親のためにも、おっかさんのためにも……忘れたのかいお幸、その橋で大勢の人たちが亡くなった日のことを」

「……」

「たくさんの人が、あの事故を境にして、生きてく夢を断ち切られた。一瞬にして死んでしまった。あの時の地獄のような光景を、お幸、忘れた訳ではないだろうね」

「……」

「でもお幸は助かった。神様が助けてくれたんだ。その命を、なんと心得ているんだい。ささやかでいい、しあわせをつかんでほしいと思っていたのに……」

おふくは言った。

「……」

「そんなことも忘れるようじゃあ、お幸、あんたはもう私の妹じゃない。勝手にすればいいさ」

「姉さん」

「でもね、これだけは覚えておきなさい。私は心の底からあんたが可愛いと思っていた、血の繋がった妹だと思っていたんだから……」

「姉さん、ごめんなさい」

お幸は立ち上がると、部屋を駆け出した。

「お幸……」

おふくは立ち上がろうとしたが、そのままそこに蹲った。


「姉さん、ありがとう」

外に出たお幸は、軒行灯の下で店の表を振り返った。

客もいなくなったおふくの店は、水を打ったように静かだった。

空を仰いだ。半月が出ていた。弱々しい光を放っている。

お幸は、ふり切るように踏み出した。

「お幸、待て」

だが、呼び止められて立ち竦んだ。

永代橋の袂から、ゆっくり近づいて来る二つの影があった。

「平七郎様……」

平七郎が秀太と近づいて来た。

「それでいいのかお幸……本当にそれでしあわせになれると思っているのか」

「……」

「お前は、孤児となったあの子の姿を忘れているのではあるまいな」

お幸は、はっとなって見返した。月の光が張りついたように、お幸の顔は青白い。平七郎は近づきながら、静かに言った。

「言うまでもないことだが、あの子の立場になって考えてみろ。いや、お前なら、あの子の立場に立てる筈だ。与七は、あの子の将来を奪ったのだ。その科《とが》をどうやって償えるというのだ。今なら間に合う……後で後悔しても遅いぞ」

「……」

「本当の愛情とは何か、よく考えろ」

「平七郎様……」

お幸は、そこにへなへなと頽《くずお》れた。


翌朝のことだった。

橋はまだ薄霧に包まれて眠っていた。

佃《つくだ》の沖で朝の漁をする船が、一隻、二隻と霧を分けて沖に向かって漕ぎ出して行く他は、永代橋の橋の上も、橋の下も、ただ静けさの中にあった。

その静寂を破るように、橋に下駄の音が聞こえてきた。

ゆっくりした歩みだった。

現れたのはお幸だった。

お幸は、辺りを憚《はばか》るような足取りで、橋の上までやって来ると立ち止まった。

北側の欄干に寄り、そこに手を置いて川面を向いた。

お幸はそう……百を数えるほどそうしていたが、川面に一条の光が差したのを見て、東の空を仰ぎ見た。

そこには、紫だちたる雲の間から、光輪のごとく陽の光が地上を照らし始めていた。

陽は、その光に照らし出される物全てを微塵《みじん》も疑わず、すみずみまで仏の手を差し伸べるがごとくに見えた。

お幸は、己の心も見透かされているような気がした。

だがそれでも、そんなお幸にでも、救いのあることを語りかけてくれているように思えたのである。

あと半刻もすれば、辺りは霧が晴れ、人々が行き交う賑やかな光景となる。

——与七さん……。

お幸は、与七から貰った手紙を胸元に入れている。

与七が永代橋の上で会いたいと言って来たのは、今日のこの暁《あかつき》の頃だった。

お幸は、息をするのさえ、苦しい気持ちで与七を待っている。

息苦しくなって大きな溜め息をついたその時、東袂から橋を駆け上がって来る足音を捉えていた。

与七の足音だった。

お幸はゆっくり顔を回した。

霧の中に差す陽の光の中で、愛《いと》しい与七が立っていた。

「与七さん……」

「お幸……」

二人が駆け寄ろうとしたその時、両橋の袂から、怒濤《どとう》のような乱れた足音が襲ってきた。

北町奉行所配属の捕り方小者たちである。

「連れ鼠の与七だな、神妙に縛《ばく》につけ」

声を放ったのは平七郎だった。

「民吉はたった今召し捕ったぞ。神妙にしろ」

秀太の声だった。

「お幸!……裏切ったのか」

与七が叫んだ。

「与七さん……ごめんなさい」

お幸は叫ぶが、掠《かす》れて声にはならなかった。

「お幸……」

与七は、捕り方たちに両腕を押さえられて、悲痛の声を上げた。

「お幸はな、お前と一緒に逃げる決心だったのだ。お前の背負った荷を、一緒に背負ってやりたいのだと言っていた。だが、お幸はすんでのところで気がついたのだ。お前を心の底から愛しているからこその決断だったのだ」

平七郎は静かに言った。

「お幸……」

与七はそこに頽れた。

「与七さん……」

お幸が転ぶようにして駆け寄った。

「手を放してやれ」

平七郎が、捕り方たちに顎をしゃくった。

「お幸……」

「与七さん」

二人は固く手を取り合った。

見詰めあった目に、涙が溢れる。

「ごめんなさいね、与七さん……」

「いいんだ……これでいいんだ……お幸、ひとつだけ頼みがある。この橋の上で約束してくれ」

与七は切ない声で言った。

お幸は、しっかりと頷いた。

「俺のことは忘れて、しあわせになれ……いいな」

「与七さん……」

与七はそう言うと、すっくと立った。

「お願いします」

両手を平七郎に差し出した。

平七郎は首を横に振った。

「連れて行け」

平七郎が頷くと、秀太の先導のもと、一団は橋の西袂に下りて行った。

入れ替わりにおふくが橋を渡って来た。

「姉さん……」

「お幸……」

二人は抱き合って泣いた。

平七郎は、そんな二人をじっと見守っていた。

だが、橋の袂におこうの姿を捉えると、二人を置いて橋の袂に向かって行った。

霧が晴れていく。

お幸もきっと立ち直るに違いない。

平七郎は祈るような気持ちで橋を下りた。

「平七郎様」

おこうが促すように頷いた。

おこうの視線に沿って平七郎は振り返った。

橋は、晴れていく霧の上に、くっきりと浮かんで見えた。

一〇〇字書評

切り取り線

購買動機（新聞、雑誌名を記入するか、あるいは○をつけてください）	
□（　　　　　　　　）の広告を見て	
□（　　　　　　　　）の書評を見て	
□ 知人のすすめで	□ タイトルに惹かれて
□ カバーがよかったから	□ 内容が面白そうだから
□ 好きな作家だから	□ 好きな分野の本だから

●最近、最も感銘を受けた作品名をお書きください

●あなたのお好きな作家名をお書きください

●その他、ご要望がありましたらお書きください

住所	〒				
氏名		職業		年齢	
Eメール	※携帯には配信できません	新刊情報等のメール配信を 希望する・しない			

あなたにお願い

この本の感想を、編集部までお寄せいただけたらありがたく存じます。今後の企画の参考にさせていただきます。Eメールでも結構です。

いただいた「一〇〇字書評」は、新聞・雑誌等に紹介させていただくことがあります。その場合はお礼として特製図書カードを差し上げます。

前ページの原稿用紙に書評をお書きの上、切り取り、左記までお送り下さい。宛先の住所は不要です。

なお、ご記入いただいたお名前、ご住所等は、書評紹介の事前了解、謝礼のお届けのためだけに利用し、そのほかの目的のために利用することはありません。またそのデータを六カ月を超えて保管することもありませんので、ご安心ください。

〒一〇一－八七〇一
祥伝社文庫編集長　加藤　淳
☎〇三（三二六五）二〇八〇
bunko@shodensha.co.jp

祥伝社文庫

夢《ゆめ》の浮《う》き橋《はし》　橋廻《はしまわ》り同心《どうしん》・平七郎控《へいしちろうひかえ》　時代小説

平成18年4月20日　初版第1刷発行

著者　藤《ふじ》原《わら》緋《ひ》沙《さ》子《こ》

発行者　深澤健一

発行所　祥《しょう》伝《でん》社《しゃ》

東京都千代田区神田神保町3-6-5
九段尚学ビル　〒101-8701
☎03（3265）2081（販売部）
☎03（3265）2080（編集部）
☎03（3265）3622（業務部）

印刷所　萩原印刷

製本所　関川製本

ISBN4-396-33288-2　C0193

祥伝社のホームページ・http://www.shodensha.co.jp/

祥伝社文庫

藤原緋沙子　恋椿　橋廻り同心・平七郎控

橋上に芽生える愛、終わる命…橋廻り同心平七郎と瓦版屋女主人おこうの人情味溢れる江戸橋づくし物語。

藤原緋沙子　火の華《はな》　橋廻り同心・平七郎控

橋上に情けあり。生き別れ、死に別れ、そして出会い。情をもって剣をふるう、橋づくし物語第二弾。

藤原緋沙子　雪舞い　橋廻り同心・平七郎控

一度はあきらめた恋の再燃。逢えぬ娘を近くで見守る父。――橋上に交差する人生模様。橋づくし物語第三弾。

藤原緋沙子　夕《ゆ》立《だ》ち　橋廻り同心・平七郎控

雨の中、橋に佇む女の姿。橋を預かる、北町奉行所橋廻り同心・平七郎の人情裁き。好評シリーズ第四弾。

藤原緋沙子　冬萌え　橋廻り同心・平七郎控

泥棒捕縛に手柄の娘の秘密。高利貸しの優しい顔――橋の上での人生の悲喜こもごも。人気シリーズ第五弾。

佐伯泰英　密命①見参！　寒月霞《かすみ》斬り

豊後相良《さがら》藩主の密命で、直心影流の達人金杉惣三郎《かなすぎそうざぶろう》は江戸へ。市井《しせい》を闊達《かったつ》に描く新剣豪小説登場！

祥伝社文庫・黄金文庫　今月の新刊

山本一力　**深川駕籠**
男気あふれる駕籠舁きが義理と人情を運ぶ

佐伯泰英　**遠謀**　密命・血の絆
娘の失踪に尾張の影？ 金杉父子、ついに対面

荒山　徹　**魔岩伝説**
歴史の裏を描く壮大無比、時代伝奇小説の傑作

太田蘭三　無宿若様　**剣風街道**
太田時代活劇、血に飢えた剣客怒怪四郎も登場！

井川香四郎　**百鬼の涙**　刀剣目利き神楽坂咲花堂
心の真贋を見極める上条綸太郎事件帖第三弾

藤原緋沙子　**夢の浮き橋**　橋廻り同心・平七郎控
「私だけは信じてあげたい」橋づくし物語第六弾

石田　健　**1日1分！ 英字新聞vol.4**
生きた英語をものにする！ 大反響の第四弾

川島隆太　**読み・書き・計算が子どもの脳を育てる**
脳を健康に育てる方法を川島教授が教えます

高橋俊介　**いらないヤツは、一人もいない**
「会社人間」から「仕事人間」になる10カ条